JOANNA RUSS

Und das Chaos starb

Joanna Russ

UND DAS CHAOS STARB

Science-fiction-Roman

SCIENCE-FICTION-TASCHENBUCH Nr. 21 059

Amerikanischer Originaltitel: AND CHAOS DIED
Übertragen ins Deutsche von Leni Sobez

© Copyright 1970 by Joanna Russ
Deutsche Lizenzausgabe 1974:
Bastei-Verlag Gustav H. Lübbe, Bergisch Gladbach
© Copyright der deutschen Übersetzung by Bastei-Verlag
Gustav H. Lübbe
Titelillustration: Eddie Jones
Umschlaggestaltung: Eva Braunova-Kokstein

ISBN 3-404-04955-1

Der Preis dieses Bandes versteht sich einschließlich der gesetzlichen Mehrwertsteuer

Er hieß Jai Vedh und war ein Erdenmann. Aber sein Schiff war auf einer Reise zu den Sternen explodiert, und jetzt war er ein Schiffbrüchiger auf einem unerfaßten erdähnlichen Planeten.

Es gab Leute hier: Menschen, offensichtlich eine Erdkolonie, die den Kontakt mit der Heimatwelt schon vor Jahrhunderten verloren hatte. Sie hatten Telepathie, Telekinese und Teleportation entwickelt — und das verdammteste, verruchteste Gesellschaftssystem war aus diesen Fähigkeiten gewachsen.

Jai Vedh begriff allmählich, was sie waren. Aber er brauchte sehr viel länger, bis ihm klar wurde, was sie mit ihm taten.

AND CHAOS DIED ist ein Roman über Psikräfte, von INNEN her gesehen. Er ist erstaunlich und eine Herausforderung: Man wird ihn nicht vergessen.

I

Er hieß Jai Vedh.

Es gab einen Hindi in der Familie, und das war schon sehr lange her. Es mußte aber ein Vater gewesen sein, denn sie verwendeten noch immer Vatersnamen. Er sah nicht so aus; er hatte gelbes Haar, blaue Augen und einen dunkleren gelben, streifigen Bart, der so aussah, als sei er fleckig oder gefärbt.

Da er Zivilist war, trug er Türkise, Silber, Sandalen, Leder, alte Amulette, Ringe, Ohrringe, seltene Steine an Kettchen, Armbänder und den billigen Industrieschmuck, den man bald wieder wegwirft. Er war ein verzweifelter, ruhiger, kultivierter und höflicher Mann, der sich gewandt auszudrücken verstand.

Ein paar Jahre lang hatte er Kunstgewerbe gemacht, war aber noch immer jung, als sein Geschäft eine Reise erforderlich machte. Zum erstenmal in seinem Leben verließ er die Oberfläche der alten Erde, auf der um diese Zeit jeder Ort genauso aussah wie jeder andere, und reiste in das Vakuum, das härter ist als das Vakuum in irgendeiner Maschine, einem Spielzeug oder einer Küchenspüle, in eine Leere, die weder groß, noch gierig oder schwarz war — die Schriften, die man den Reisenden zu lesen gab, stritten das ganz entschieden ab —, sondern nur irgendwie hart oder flach; absolut hart und absolut flach, hart durch ihre Wände und flach allen Sichtlöchern entgegenlaufend, welche die Raumreederei vorgesehen hatte, damit die Passagiere etwas sehen konnten.

Er spielte Wasserpolo, er trank Bier. Saubere, gesunde Dinge wurden in die Luft gesprüht. Er machte Gebrauch von der Bibliothek und lauschte moderner Musik. Unter dreitausendfünfhundert Menschen war er allein und fühlte in sich selbst ein Vakuum, einen Fleck wie den in einer dreidimensionellen Grafik, der Lichter auf und ab und seitlich hüpfen und tanzen, blinken und Kurven nachziehen läßt, einen Fleck, der kaum Platz fand und festgehalten werden konnte in den starken Wänden seiner Brust, die so sehr an Schwimmen, Laufen, Ringen oder an Kämpfe im Bett gewöhnt war. Er ertrug dieses Gefühl und fand es nicht neu.

Passagiere, die einen Blick in die Bibliothek warfen, sahen ihn dort sitzen, die Füße mit den Sandalen gekreuzt, die Nackenmuskeln nur wenig in Bewegung. Am siebzehnten Tag wurde es schlimmer. Er hatte das Gefühl, alle zögen einander durch die Wände, und er dachte schon daran, den Schiffsarzt aufzusuchen, tat es dann aber doch nicht. Am neunzehnten Tag warf er sich gegen eines der Gucklöcher und drückte sich so flach dran, daß ein bevorstehender Kollaps zu ahnen war. Er konnte es nicht mehr ertragen. Alles in ihm und um ihn herum steuerte einem Kollaps entgegen.

Man fand ihn, brachte ihn in das Schiffslazarett und pumpte Sedative in ihn hinein. Ehe er unterging, sagten sie ihm noch, der Raum zwischen den Sternen sei voll Licht und voll Materie. Hatte nicht jemand etwas gesagt von einem Atom in einem Kubikyard? Und so schlimm sei es doch wahrlich nicht im Raum. Man hatte ihn mit Frieden vollgestopft, bis zum Platzen angefüllt. Oh, man tat zuverlässig alles für ihn.

Dann explodierte das Schiff.

Er lag auf dem Rücken. Ein Knie hatte er angezogen, ein Arm lag unter seinem Körper. Diffuses, gleißendes Licht. Aus dem Augenwinkel sah er eine Ameise, die über irgend etwas krabbelte. Das milchige Zeug über ihm war der Himmel und schmerzte. Er versuchte seinen Arm zu befreien und den Kopf zu drehen, doch das schmerzte noch viel mehr. Dann spürte er einen plötzlichen Schlag über den Rücken, vom Hals zum Gesäß, eine Vielzahl von Schlägen, eine ganze Serie. Der Schmerz splitterte sein Rückgrat auf, und das grüne Krauszeug schwankte. Er schaute in einen Abgrund aus Graswirrnis und Halmen, und etwas hielt ihn aufrecht.

»Feigling«, sagte die Stimme einer Frau. Jemand zog seinen Kopf zurück.

»Na, komm jetzt!« sagte sein Gefährte. »Komm jetzt, ich habe dich doch rausgeholt. Komm, komm jetzt!« Ganz langsam und voll unendlicher Vorsicht drehte er sich herum und sah in das Gesicht einer Person, die ihn besorgt musterte. Vielleicht war es der Kapitän, denn dieses idiotische Gesicht hatte er doch irgendwann in der Vergangenheit schon einmal gesehen, irgendwann einmal, und da war es über einem Ding, das ebenso idiotisch war wie dieses Gesicht.

». . . Ruhe«, sagte Jai Vedh.

»Komm, komm schon!«

Die Person schüttelte ihn.

»Du bist vollgestopft mit dem Zeug«, sagte der Kapitän. »Richtig vollgestopft. Komm schon . . .« Er schlug ihm ins Gesicht, über den Mund, immer wieder.«

». . . mir Feigling gesagt«, murmelte Jai einigermaßen klar.

»Noch immer bis obenhin voll«, sagte der Kapitän. »Oh, um Himmels willen!« Er zog ihn auf die Füße, zerrte ihn durch das Gras, im Kreis herum, bis sie eine eigene Spur legten. Er schwitzte unter dem Gewicht, denn eine dritte Person war nicht anwesend.

»Wer hat mich Feigling . . .« sagte Jai, und dann schwieg er, blieb stehen, taumelte für einen Moment ein wenig rückwärts, aber auf seinen eigenen Füßen; um ihn herum waren Bäume, ein See schimmerte zwischen ihnen, ein Pfad, links irgendwo Berge. Der See lag wie ein Spiegel in der Nachmittagssonne.

»Wo ist . . . das Ding?« fragte er. »Das Ding, in dem wir . . . entkamen . . . wie in . . . dem Prospekt. Ich habe darüber gelesen. Wo sind wir?«

»Auf dem Boden«, antwortete der Kapitän. »Du brauchst dir also keine Sorgen zu machen, verdammt noch mal! Im Wald hat es den Motor erwischt. Ich hoffe, daß der Mann, der uns zusammengesteckt hat . . .«

»Auf welchem Boden?« fragte Jai Vedh.

»Auf einem, wo wir bleiben können, bis wir an Altersschwäche sterben. Marsch!« Und dann fügte er knurrend hinzu: »Verdammter zivilistischer Feigling!«

Aber seine Stimme war nicht die erste Stimme.

Der Pfad führte ins Nirgendwohin. Er umrundete den See und hörte auf, wo sie standen, als wolle er sie einladen. Am ersten Tag versuchten sie es ein paarmal, am zweiten Tag wieder, und am dritten Tag erneut, bis der Kapitän kochend vor Wut erklärte, daß er keinesfalls von menschenähnlichen Wesen gemacht worden sein konnte.

»Menschliche Wesen sind nicht besonders vernünftig«, sagte Jai Vedh, als wolle er sich entschuldigen. Er lehnte mit dem

Rücken an einem Baumstamm und hatte die Knie zum Kinn angezogen. »Ich selbst habe viele ähnliche Pfade gelegt. Ich bin nämlich Dekorateur. Pfade um Teiche, durch Gärten, unter Wasserfällen. Den Leuten gefällt es, wenn sie etwas anschauen können.«

»Ein *Vergnügungspark?*« sagte der andere, ging wieder den Pfad entlang und kam nach einer Stunde zurück. Die Sonne stand tief und schien durch die Bäume; Nachmittagsschatten streckten sich über den Grund. Der See glitzerte grell zwischen den Baumstämmen; es waren blasse Blitze, Gitter und Wellen aus Feuer.

»Die Arbeit eines Fachmannes«, sagte Jai.

»Ich kann ja nichts sehen«, klagte sein Gefährte. Er tastete sich einige Schritte vorwärts, sank auf die Knie und lehnte sich nach rückwärts, bis er auf den Fersen hockte. »Verdammte Sonne«, sagte er.

»Der ganze Weg um den See herum ist ein schöner Anblick«, bemerkte Jai. »Viel zu schön.«

»Eine Verneigung vor dem Ort«, meinte der andere.

»Ja. Genau berechnet«, erwiderte Jai. »Dafür würde ich mein Leben wetten.«

»Mensch, du verwettest dein Leben ja schon dafür.«

»Ich kenne doch meine Arbeit.«

»Und was für eine! Der Job eines Zivilisten.«

»Ich lebe davon. Hab' ich dich je gefragt ...«

»Quatsch!«

Eine barfüßige Frau erschien auf dem Pfad, der zum See führte. Jai sah sie zuerst und stellte sich auf. Aber der Kapitän rannte röhrend den Weg entlang. Die Frau wartete und trat einen Schritt zur Seite.

»Ich gehe nirgends«, sagte sie.

Jai sah Karten, die von Fingern durchgeblättert wurden, als suche jemand Worte heraus; er sah Lippen, die sich bewegten, und er schaute über ihre Schulter und sagte lachend: *Ja, das ist es ...*

»Ich gehe nirgendwo hin«, verbesserte sich die Frau. Sie schüttelte dem Kapitän heftig die Hand. »Galactica, ja?« fragte sie, und dann schüttelte sie den Kopf. »Leider. Bin nicht gewöhnt.« Sie zog eine Grimasse, trat auf Jai zu und zerrte den Rock ihres kurzen, ärmellosen, braunen Kleides herunter. *Grober Stoff*, dachte er beruflich. *Gewürz, Schokolade, Sand maulwurfs-*

graue Farbe, Marokko. Welch ein Unsinn! Sie setzte sich unvermittelt auf das Gras und schlug die Knie übereinander. »Ich bin nicht gewöhnt, als dies zu reden«, sagte sie schließlich ziemlich fließend. »Mein Hobby. Du gehst gut, ja?«

»Galactica«, sagte der Kapitän.

Gewöhnlich, dachte Jai, *bescheiden, das dunkle Haar mit dem Beil abgehackt, nie etwas Persönliches für sich getan, natürlich nicht; unmögliches Mädchen, nichts als nur Bestandteil einer Menge; nichts Originelles, Ursprüngliches. Anonym und uninteressant.*

»Hör mal«, hörte er den Kapitän sagen, »das ist sehr wichtig. Du sollst mir sagen . . .«

Aber das ist noch unmöglich! Anonym. Hier?

»Du«, wandte sie sich an Jai und legte eine Hand auf seinen Arm, »mir gefällt die Art, du paßt zusammen, hm?« Am Ende des Satzes hob sie die Stimme ein wenig an, und das klang wie das Wippen eines Vogelschwänzchens; sie war keck, schlank und lehnte sich mit halb geschlossenen Augen an ihn; träge war sie, und seidiges Haar wehte über ihren Mund. Ihr Schädel und die klopfenden Adern schimmerten irgendwie durch ihr Gesicht, als seien die Knochen mit Drähten zusammengehalten und bewegten sich unter der Haut von Körper und Gliedern dieser Frau. Sofort verschloß sich sein Geist. »Ich verstehe«, sagte sie und nickte. »Ja, ist schon gut. Komm nur.« Sie stand ganz ernsthaft auf und sagte: »Oh, es tut mir leid, daß du warten mußtest.«

»Du scheinst einige Zeit gebraucht zu haben, bis du hierher kamst«, sagte der Kapitän, als sie zum Pfad zurückkehrten. Die Sonne ging nun unter; sie legte orangefarbene Lichter auf ihr Fleisch, und die Schatten erhoben sich zwischen den Bäumen auf beiden Seiten und warfen sich über den Pfad. Sie begannen um den See herumzugehen, der das Licht des Himmels in sich aufsog und festhielt. »Wo sind die anderen?« fragte der Kapitän.

»Oh, sie wollten nicht lästig fallen«, antwortete sie.

»Nicht wichtig, was?« meinte der Kapitän. »Ich nehme an, ihr habt Flüchtlinge an jedem Wochentag. Stimmt doch, oder?«

»Nein«, erwiderte sie, und sie hörte auf, einen Fuß mit dem anderen zu kratzen.

»Wer hat dein Kleid gemacht?« fragte Jai unvermittelt und brach damit sein Schweigen.

»*Wenn es dir nichts ausmacht* . . .« begann der Kapitän.

»Es ist diagonal geschnitten«, bemerkte Jai Vedh. »Hast du das gewußt? Wußte das die Person, die das Kleid machte? Und gefüttert ist es auch. So sehr primitiv ist das ja gar nicht. Oder vielleicht hast du's auch nicht selbst gemacht. Vielleicht hat es vor dir schon jemand anderer getragen. Jemand auf einem gestrandeten Schiff.«

»Kein Schiff ist gestrandet«, sagte die Frau. »Es ist für mich gemacht. Hier herum. Das ist mein Haus.« Und sie bog vom Pfad ab zwischen die Bäume.

»Wo?« fragte der Kapitän und spähte in das düstere Dämmerlicht.

»Hier«, sagte sie und legte sich nieder auf das fast unsichtbare Gras. »Das ist mein Haus. Hier lebe ich. Am Morgen bringe ich euch zu dieser Maschine, mit der ihr gekommen seid. Aber sie ist gebrochen.«

Ehe sie noch bis zwei zählen vermochten, war sie schon eingeschlafen.

»Entschuldigung. Das wollte ich eigentlich nicht sagen. Das weißt du doch«, sagte der Offizier gleich am nächsten Morgen. Er führte ein Ballett auf: er zog den Reißverschluß seiner Hosen zu, schüttelte die Hosenbeine glatt, polierte mit dem Ärmel die Schuhe, zappelte solange herum, bis alles richtig an seinem Platz war, und schnitt dazu Grimassen. Jai Vedh, durch dessen Lider das graue Licht schon vor Stunden gefallen war, hatte sich zwischen Schlaf und Wachen halb aufgesetzt und war jedesmal wieder, vielleicht hundertmal seitdem, zurückgesunken. Und meistens hatte er dazu etwas gemurmelt und sich auf einen Arm gestützt. Er zitterte, weil er zuwenig geschlafen hatte.

»Warme Nacht, was?« sagte der andere. »Hab' sie gefragt. Es ist immer warm.« Er begann um die Lichtung herumzurennen. Es war eine ganz gewöhnliche Lichtung mit ganz gewöhnlichen Bäumen, und auf dem Gras lagen welke Blätter. »Laubwechsel? dachte er. *Unmöglich!* antwortete Jai Vedhs anderes Selbst, das Kommentar-Selbst. Das erste Selbst setzte sich auf und sagte kalt: »Wir machen alle mal unsere Fehler.« Der Kapitän blieb unvermittelt stehen und vergaß den Mund zu schließen. Ihre Gastgeberin erschien zwischen zwei Bäumen und betrat den Grasfleck mit der Miene eines Menschen, der hier eigentlich und sogar ziemlich sicher zu Hause ist, quer über den Wohnzimmerteppich geht und zwischen den Ästen hindurchspäht. Dann ging sie durch den Rest des Raumes, setzte sich und zog ihren Rock über die Knie. »Na, aber!« sagte der Kapitän.

»Jemand ging, um jemanden zu rufen«, sagte die Frau.

»Dann kriegen wir also etwas zu tun«, antwortete der Kapitän.

»Was zu tun?« fragte Jai. Aus dem Augenwinkel heraus bemerkte er eine Bewegung und wirbelte herum: Die Frau pflückte langsam Grashalme ab und steckte sie in den Mund. Sie sah ziemlich dumm und blind aus.

Der Kapitän beugte sich zu Jai hinüber und flüsterte: »Nicht schlecht. Wirklich nicht schlecht. Und sie sprechen Galactica. Teufel, und wie sie sitzt!« Ihr fielen die Lider über die Augen, und da sah sie noch dümmer aus. Der Kapitän ging zu ihr und zog versuchsweise den braunen Rock ein wenig höher hinauf. Sie saß wie eine Statue da, atmete kaum, hatte die Beine gekreuzt und die Handflächen auf den Knien. »Sie sind Idioten«, sagte der Kapitän unsicher. »Vielleicht tragen sie gar keine Kleider.« Er lachte plötzlich. »Jenseits aller Fleischeslust«, sagte er. »Schau mal.« Fast ohne es zu wollen streckte er beide Hände aus und riß den Rock grob bis zur Hüfte hinauf. Das Kleid zerriß in seinen Händen. »Ah, schau mal!« rief er atemlos. »Schau dir das mal an!« Er versuchte sich abzuwenden, gleichzeitig aber auch die tote Puppe an den Schultern zu packen. Ihre Brüste hüpften.

»Ich mag Frauen nicht«, bemerkte das zweite Selbst Jai Vedhs, das kühlere, »und dich mag ich noch weniger. Ich werde dir den Schädel einschlagen.« Ihm schien, daß die Lichtung hallte vom röhrenden Gelächter. Der Kapitän, dessen Gesicht sagte, *ich muß aufhören, halt mich doch auf,* schob eine zögernde Hand unter die Brust der Puppe, die andere auf ihren Bauch; Jai winkelte ein Bein unter des Mannes Knie an und schleuderte ihn drei Yards weg, und dann kniete er wie ein alter Ringer auf dem Rücken des viel größeren Mannes und verdrehte ihm beide Arme.

Ah, gut! Entzückend! echote die Lichtung, die voller Augen war. Er ließ den Kapitän los. Der große Mann stand auf, klopfte sich ab, strich mit einer Hand über die Haare und faltete ernsthaft die Hände. »Was ist denn mit dir los! Du siehst gar nicht gut aus«, sagte der Kapitän, und seine Brauen hoben sich eine

Spur, als die meditierende Frau ihre Augen öffnete, aufsprang und ihre Kleider abstreifte. Sie hängte das zerrissene Kleid über einen Ast. »Ich habe dieses Kleid satt«, erklärte sie obenhin. »Ich werde ein neues bekommen. Meine Freundin wird mir ein echtes Coco Chanel machen«, sagte sie.

». . . eel o o a Nell« klang das.

»Mit Schleier«, fügte sie hinzu. »Komm jetzt.«

Nackt, wie sie war, ging sie schwingenden Schrittes über den Rand der Lichtung; ihre Knie und ihre Gesäßbacken bewegten sich geschmeidig, und jede Seite war bis zu den Armhöhlen eine ausgewogene Linie. Die Füße setzte sie wie Hände auf das Gras, und ihre Fußknöchel federten.

»Sie sieht gar nicht schlecht aus«, sagte der Kapitän unpersönlich, als er ihr folgte. »Offensichtlich sind sie ganz gut ernährt.«

»Oh, das ist ja wirklich!« rief jemand laut und flüsterte ihm dann vertraulich ins Ohr, so daß sein Kopf in einem Taumel von Mutwillen schwamm. *Aber welch ein Drama, welch ein Drama! Ihr Augenleute seid unglaublich!*

»Ich mag Frauen nicht«, sagte Jai Vedh plötzlich und sehr trocken. »Hab' ich nie gemocht. Ich bin homosexuell.«

»Oh?« sagte der Kapitän, enttäuscht und verlegen für einen Moment. Er warf abweisend den Kopf zurück, und für einen Augenblick zuckte etwas in seinen Augen. »Nun ja, so ist es eben im Leben, glaube ich.«

Oh, Verzeihung! echote die Lichtung wie ein beleidigtes Schulmädchen, und dann berührte es seinen Rücken voll hysterischer Freude, bis sie etwa zur Hälfte um den See waren.

Die Rettungskapsel war von Leuten umgeben. Einige saßen in ihrer Nähe, eine Person saß auf ihr selbst. Ein paar standen herum, irgendwo im Gras oder unter den Bäumen. Nicht einer drehte sich um, niemand sprach. Ein Mann lag flach auf seinem Gesicht auf dem Boden. Jai sah Kinder auf den Ästen der Bäume sitzen. Sie hockten oben auf den Fersen oder hingen mit den Knien an den dünneren Ästen, als gebe es kein Oben und Unten. Die Frau, die hinter dem Kapitän hergegangen war, rannte nun plötzlich vor ihn und rief etwas, das sehr klar zu hören war, und es hatte wieder am Ende das winzige Schwanzwippen eines Vogels, das wie ein Lachen klang.

Die Kinder begannen aufgeregt zu plappern, genau wie Papageien. Sie hingen und hockten im Baum und rannten die Äste entlang, genau wie vorher. Sie redeten mit nach unten hängenden Köpfen. Die Erwachsenen bewegten sich nicht, nur der Mann auf der Kapsel stand auf und verließ sie. Er sagte langsam etwas, das an keinen persönlich gerichtet war, doch ein eindrucksvoller Ernst prägte sich in seiner Stimme und seinem Gesicht aus. Wie ein Ballettänzer drehte er sich auf der Ferse um, stand nun Jai Vedh und dem Kapitän gegenüber, kratzte sich im Schritt und musterte die beiden voll Würde.

Keines trug Kleider. Blicke wurden getauscht, Augen blitzten, Schultern bewegten sich, ein Seufzer war zu vernehmen. Aufmerksam, aber mit einer gewissen zivilisierten Zurückhaltung schauten sie die beiden Männer an, musterten sie von den Stiefeln bis zum Haar und wieder abwärts, dann erneut auf- und wieder abwärts, bis der Kapitän, der mit gespreizten Beinen und verschränkten Armen dastand und grimmig lächelte, errötete. Alle schauten weg.

»Ich wurde auch früher schon mal angeglotzt«, sagte der Kapitän.

»Sie glotzen nicht«, widersprach ihm Jai.

»Primitivlinge«, sagte der Kapitän.

Diese Leute, dachte Jai, *haben die ausdrucksvollsten Rücken der ganzen Welt*, und vom Gras zu seinen Füßen sprang ein Schauer zuckender Bewegungen, als schlüpfe jemand oder etwas in seine Kleider, etwa der bärtige junge Mann, der vorher auf der Rettungskapsel gesessen hatte; schlüpfte in eine Lederjacke, eine Toga, eine Djellabah, ein Cape, ein Laken, eine Gabardinehose, einen Badeanzug, in Beinschützer, einen Bademantel, eine vollständige und sehr bunte Jacken-Mantelgarnitur. Jemand schniefte. Ein paar braune, rosige, braunrote, schwarze, blasse oder sonst irgendwie schattierte Leute blieben. Die Frau kam aus der Rettungskapsel, und sie war halb drinnen, halb draußen und trug eine Last Bücher. Sie ließ die Bücher fallen und lachte erstaunlich strahlend. Dann kam sie mit einer zweiten Ladung Bücher und war nun wieder in ihr Kleid geschlüpft.«

»Wißt ihr«, fragte sie, »wieviel Zeit ich hier drin verbracht habe? Tage! Ich bin völlig erschöpft.«

»Wo zum ...« begann der Kapitän.

»Meine Freundin machte *zwei* Kleider.« Sie zuckte die Achseln. »Übrigens, ich kam letzte Nacht hierher; das wollte ich ausdrükken, als ich sagte, ich habe hier Tage verbracht. Ich meine gar keine Tage, sondern nur eine lange Zeit. Aber das ist ja egal. Ich habe noch nicht alles verstanden und verdaut, wißt ihr.«

»Stunden sind keine Tage«, belehrte Jai sie.

»Oh, das sind sie natürlich nicht, oder? Du bist selbstverständlich sehr klug.« Sie lächelte wieder strahlend, setzte sich auf den Boden und begann die Bücher zu sortieren. Ihre Hände arbeiteten geschäftig, und sie sah Jai direkt ins Gesicht.

»Wolltest du sagen, daß du zu sprechen lerntest...« sagte der Kapitän.

»Ich... wurde nur besser«, antwortete sie und wandte dem Kapitän ein Gesicht zu, das ganz leer war, bis auf ihre Aufrichtigkeit, ein Gesicht, das auf einem gestreckten Hals saß und dessen Ausdruck so schlicht war wie der, als die Männer sie zum erstenmal gesehen hatte. »Ich sagte euch doch, das ist mein Hobby«, fuhr sie unvermittelt fort, tauchte in die Bücherflut, sprach aber weiter. »Ja, so war es, und es war meine Berufung. Ich bin ein Doktor. Was denkt ihr davon?« Sie lächelte seltsam in sich hinein und ließ ihre Zunge im gleichen Ton: »Ich bin ein Doktor. Was denkt ihr davon?« Das sagte sie fast ein wenig atemlos, und sie schaute dazu ein Buch in ihrer Hand an. Ein köstlicher Schauer überlief ihren Körper. Sie kratzte sich heftig den Kopf mit der freien Hand, kicherte und warf das Buch auf den Haufen. Dann beugte sie sich nieder und nahm alle in die Arme.

»Irgend jemand war sehr weitschauend, weil er all diese Bücher mitgegeben hat«, stellte sie fest. »Nicht wahr? Es geht nichts über einen willkürlichen Satz von Symbolen, um die Operationen des Geistes zu fixieren.« Ein paar Bücher entfielen ihren Armen, und drei Kinder, die vielleicht von den Bäumen gefallen waren, weil sie so plötzlich und passend da waren, bückten sich nach den hinabgefallenen Büchern und standen um sie herum, drückten sich aneinander, traten von einem Fuß auf den anderen, freuten sich und waren gründlich verwirrt: Eine statuenhafte Gruppe mit dem Namen: Kultur tröstet die Künste.

»Tsung-ka!« sagte sie, und sofort ließen die Kinder sie los und rannten davon, jedes in eine andere Richtung. Sie hob die Bücher vom Gras auf, das nicht eigentlich grün war, und ein Buch war mit abgefallenen Herbstblättern bedeckt, mit herzförmigen Blättern, die denen des Götterbaumes glichen, nur waren sie auf merkwürdige Art mit grünen, roten und purpurnen Punkten übersät, und das Purpur war das des Zuckerahorns. Sie hob das Buch auf, wischte die Blätter davon ab, blätterte es nachdenklich durch und sagte:

»Ah, das ist eine Grammatik. Merkwürdig. Ich möchte wissen, warum sie mitgegeben wurde. Jedenfalls ist es amüsant, nicht wahr? Ich denke, wir werden alle eure Sprache lehren.«

»Wer ist wir?« fragte Jai gespannt, ehe der Kapitän etwas sagen konnte.

»Alle«, antwortete sie erstaunt. »Wer denn sonst?«

»Dann lehre alle unsere Sprache!« rief der Kapitän. »Lehren...« Er legte seine Hand auf Jais Schulter, um Halt zu finden, dachte Jai, denn die Hand zitterte. Der Kapitän sah sich um, schaute in den blauen Himmel, der ein wenig verschleiert war, sah die Bäume, die abgebrochenen Zweige im Gras, ein blühendes Unkraut, den Rand eines Doppelpfades, der sich verzweigte... *Sie müssen doch alle irgendwohin gehen*, dachte Jai.

»Alle eure Sprache lehren — das würde dauern...«

»Ihr habt doch sicher eure eigenen Bücher«, warf Jai ein.

»Nun — nein«, antwortete die Frau.

»Wollt ihr einige von unseren Büchern nachdrucken?« fragte Jai.

»Nein, nein, natürlich nicht, wir können nicht«, erwiderte die Frau und trat zurück. »Natürlich können wir nicht. Wir haben nicht die... Maschinen dazu.«

»Dann könnt ihr auch nicht jedem unsere Sprache beibringen«, sagte Jai. »Oder kannst du es vielleicht doch? Wahrscheinlich nur ein paar Leuten, weil du ja selbst sie lehren mußt und nicht soviel Zeit hast.«

»Aber nein. Das ist absolut logisch«, sagte sie.

»Und trotzdem willst du?«

»Wir wollen ja gar nicht«, sagte sie, ließ alle Bücher fallen und fügte ohne jeden Zusammenhang hinzu: »Es wird regnen.« Sie rannte um die Rettungskapsel und verschwand innerhalb weniger Sekunden im Wald.

»Wie ist der Name von Alles geht weiter?« fragte der Kapitän. »Was? Weißt du's?«

»Alles«, sagte Jai Vedh.

»Hä?«

»Ich meine nicht, daß ich alles weiß. Ich weiß nichts. Ich meine, alles geht weiter. Nein, nichts. Ich weiß nicht.« Er setzte sich und vergrub sein Gesicht in den Händen.

»Bücher!« murmelte der Kapitän, der sich wieder ein wenig gefangen zu haben schien. »Bücher. *Keine Bänder*. Sie sind doch so selten. Mehr als drei Dutzend kann es doch in der Bibliothek gar nicht geben. Und hier sind sie. Wer, zum Teufel, hat echte *Bücher* in die Rettungskapsel gepackt?«

»Dieselbe Person, die dich und mich dort zusammenpackte«, sagte Jai Vedh.

»Jemand im Schiff!« rief der Kapitän.

»Nein. Ja. Jemand hier, jemand dort. Der Planet selbst. Diese Frau. Ich weiß nicht, wer wen in Betrieb setzt.«

»Du bist verrückt«, sagte der Kapitän, und das war eigentlich nicht nötig. Er kletterte in die Kapsel hinein, kam aber im nächsten Moment wieder heraus. »Dort drin ist nichts. Die Gurte, die Motoren, die üblichen Drogen, Lebensmittel.«

»Können wir sie benützen?« fragte Jai Vedh.

»Nein. Der Rumpf ist weit aufgerissen.«

»Würde sie ... Luft auslassen, oder wie man da sagt?«

»Das ist gewaltig untertrieben«, antwortete der Kapitän. »Das einzige, was noch schließt, ist die Tür.«

»Dann werde ich eben hinter dieser Tür schlafen«, erklärte Jai. »Oder besser: dort leben. Wohnen. Und ich schlage vor, du tust das auch.«

»Du bist ja tatsächlich verrückt«, sagte der Kapitän düster.

»Mein lieber, viel zu selbstsicherer Freund«, sagte Jai und deutete auf das Gras. »Schau dir mal dieses Buch an. Du kannst es, wenn du willst, sogar aufheben, denn ich rühre es nicht an. Ich würde nämlich sonst durchdrehen. Das ist eine chinesische Grammatik, nicht Galactica, und das ist nur erstens. Zweitens ist es nicht das neue Chinesisch und nicht einmal eines der vielen dazwischenliegenden Alphabete. Es ist das gute alte Mandarin-Chinesisch mit einer halben Million Schriftsymbole. Und das hat unsere kleine Wilde erkannt im Moment, als sie es aufhob.«

»Guter Gott, Mensch, sie hat doch nicht gesagt, daß sie alle Chinesisch lehren will! Sie sagte nur, das sei eine Grammatik und amüsant.«

»Woher wußte sie denn, daß das Buch amüsant ist?«

»Weil es merkwürdig aussieht, glaube ich. Um Himmels ...«

»Woher wußte sie denn, daß es eine Grammatik ist?«

»Mein lieber Junge, du bist sogar für einen Zivilisten ...«

»Heb es auf.«

Dann waren sie in der Rettungskapsel, oder eher in deren Wrack. Weiße, harte Wände umgaben sie, und sie saßen auf den Polstern. Das Sirren der Fluoreszenzen spielte sich auf dem Operationsniveau ein, und die Gurte und Rohre waren auch weiß. Welch ein Segen! Der Kapitän war grau, zitterte und klammerte sich mit beiden großen Händen an den Rand seiner Couch.

»Woher wußtest du es?« flüsterte er. »Woher hast du es gewußt?«

»Es ist mein Buch«, antwortete Jai und legte sich zurück. »Und es ist mein Hobby. Ich habe es seit fünfzehn Jahren studiert. Ich kenne etwa zehntausend Worte. Ich brachte das Buch in meinem persönlichen Gepäck mit. Vorne — Verzeihung, das ist ja hinten — ist eine Grammatik, und die letzten paar Seiten sind eine Auswahl aus dem *Chuang Tzu*. Sechs Monate brauchte ich, bis ich lernte, die Titelseite zu lesen.«

»Ich hatte es ganz allein für mich selbst gemacht«, fügte er hinzu. »Mit der Hand. Deshalb weiß ich, daß nicht ein Wort Galactica in diesem Buch ist. Oder etwas anderes außer Chinesisch.«

Der Kapitän schloß die Tür ab.

Sie lagen nebeneinander in dem engen Raum: Die Brust auf gleicher Höhe, die Schenkel berührten einander fast, obwohl die beiden Kojen, sehr enge Kojen, deutlich voneinander getrennt waren. Keiner lag richtig still, jeder wälzte sich von Zeit zu Zeit einmal herum. Zum Stehen war kaum genug Platz. Das eine kleine Fenster war neben dem Kopf des Kapitäns. Jai konnte sein Profil davor sehen. Jai raucht nachdenklich eine Zigarette und hatte einen Arm unter den Kopf geschoben.

Ich wollte, ich wüßte, wie es ist, ein Mann zu sein, der eine Frau liebt, dachte er.

Der Kapitän drehte den Kopf zum Fenster, wie eine Leiche im Krankenhaus. Das Licht war Krankenhauslicht, oder Hotel- oder Theaterlicht, oder auch fluoreszentes Schlafzimmerlicht, eben die Art, die beide ständig umgeben hatte, seit sie geboren worden waren.

Selbst mit diesem Stück eines toten Bullen weiß ich, wie es ist, eine Frau zu sein, die einen Mann begehrt. Wie übermütig, wie verwerflich! Wie dieser alte Film, in dem eine Hand aus der Kamera winkt: Komm, Liebster! Komm, Liebster! Und wenn man dann nahe genug herankommt, kriegt man eine in die Schnauze. Ah, wie er schwitzen würde! Angst hätte er... Mit zehn Worten könnte ich ihn von hier vertreiben, oder auch mit einer einzigen Berührung. Das heißt, wenn ich selbst nicht heiß werde. Er ist ein schöner Mann, genau das richtige Spielzeug für mich. Oder anders herum — höllisch arbeiten, für fünf Sekunden aufflammen, dann schweißbedeckt abrollen, übersättigt für immer und Amen vom Blick des armen, gedemütigten Teufels. Und er würde kommen. Ich weiß das.

»Kann ich eine Zigarette haben?« bat der Kapitän.

Erzähl mir vom Jugendlager, als du zwölf warst. Bekenntnisse. Proteste. Tränen. Und dann komm zurück und verlange noch mehr. Schon die Idee juckt mich.

Wenn es das wert wäre...

»Denikotinisiert?« fragte der Kapitän und setzte sich auf.

»Ja, wenn du Feuer von der meinen willst«, sagte Jai Vedh, und die beiden Männer saßen da, ihre Knie berührten sich, und einer gab dem anderen Feuer. Dann schwang der Kapitän seine Beine wieder auf die Couch und funkelte wütend die Decke an.

»Verdammtes Ei«, knurrte der Kapitän.

»Wirklich sehr klein«, antwortete Jai Vedh. *Was soll ich nur mit einem solchen Idioten anfangen?*

»Verdammtes Edelstahlei!« rief der Kapitän in plötzlicher Wut, schlug gegen die Wand und drehte sich um. »Warum können die nicht etwas bauen, in dem ein Mann auch stehen kann?«

»Beruhige dich nur wieder.« *Du Trottel, ich werde dich doch nicht vergewaltigen.*

»Ich gehe hinaus.« Der Kapitän stand auf, zog den Kopf ein, damit er nicht gegen die Decke stieß, setzte sich, legte den Kopf in die Hände und streckte sich wieder auf der Couch aus.

»Ich rühr dich doch nicht an«, sagte Jai müde, »nicht einmal, wenn du schläfst. Beruhige dich nur wieder.« Er schloß die Augen und sah eine lange Prozession von Frauen unter dem fluoreszierenden Licht aufmarschieren, alle nackt wie die Frau draußen, und alle irgendwie falsch geformt: fragend, geheimnisvoll, neugierig, wie Tiere einer anderen Art, so schwach, daß eine Berührung sie verletzt hätte, so stark, daß sie töten konnten. Sie flossen heran zu ihm und barsten über seinem Leib wie aufgeblasene Ballons. Blaß. Trügerisch. Unnatürlich. Geistlos.

Weich. Schief und formlos. *Ich bin alt, und meine eigene Erfindung langweilt mich.*

Draußen rumpelte Donner. Das Fenster verdunkelte sich.

»Ich kann nicht ...«, sagte der Kapitän plötzlich halblaut zur Wand.

»Was kannst du nicht?«

»Halt den Mund, Mister.«

»Du kannst nicht hierbleiben?« fragte Jai.

»Den Mund sollst du halten, Mister.«

»Dir paßt aber wirklich gar nichts«, bemerkte Jai trocken.

»Heute früh hättest du um ein Haar eine Frau vergewaltigt, und jetzt kannst du nicht mit mir in derselben Zelle bleiben. Nun, entscheide dich.«

»Allein kann ich hier bleiben«, sagte der Kapitän mit dicker Stimme. »Und dich kann ich hinauswerfen.«

»Versuch's doch.«

»Hör mal, du Zivilist«, sagte der Kapitän, drehte sich herum und erhob sich halb. »Schau mal, ich habe achtzig Pfund mehr als du und keinen weichen ...«

»Ah, nennt man uns jetzt so?«

»Verschwinde von hier, Mister!«

»Bist du jetzt wütend?« fragte Jai und duckte sich in eine Ecke seiner Couch. »Jetzt vielleicht?« Er war auf den Füßen, zum Sprung bereit; er drückte sich an die Wand und grinste breit. »Na? Bist du wütend? Oder sind es nur meine blauen Kinderaugen?«

Als sich der Kapitän vorwärts warf, als Jais Sandale ihm ins Gesicht stieß — das Fenster, die Couch, die Wände und der Boden verdunkelten sich —, brach ein Wasserschwall in das Edelstahlei, warf sie beide um und ließ den Raum schwanken. Die Außenseite strahlte ultraviolett auf. Die Tür knallte zu, öffnete sich aber wieder vor dem Wind und dem Regen; und unter der Tür stand, schimmernd vom Regen oder vom Phosphor, die Frau von draußen. Sie hatte weiße Straußenfedern am Kopf, an den Brüsten und an ihren Füßen, und an ihren Handgelenken und um den Hals glitzerte etwas wie Diamanten: Regentropfen, die im Licht abgeschüttelt wurden.

Sie war durch und durch naß und zu erregt, um zu sprechen; sie machte eine ruckhafte Kopfbewegung zu Jai, griff aus und packte ihn am Handgelenk und zog ihn durch die Tür der Kapsel. Der Kapitän lehnte in halbliegender Position an der Wand. Regen klatschte ihm ins Gesicht; er rutschte in das nasse Gras und auf den schlammigen Boden, und dann flammte der Himmel wieder auf. Sie zerrte ihn noch weiter weg vom Schiff. Der Lärm war betäubend. Dann wurde es wieder dunkel, und da konnte er sie in Umrissen sehen: Funkeln in der Dunkelheit, und ein schwacher, klingelnder Laut unter dem rauschenden Regen; er versuchte sich loszureißen, aber etwas fing seine andere Hand und zog ihn erst vorwärts, dann zurück. Sie tanzten. Ein neuer Blitz erhellte das Feld von Horizont zu Horizont. Es war ein Karneval, ein Inferno, ein Teufelsrachen voll tanzender Leute, eine Ebene voll grotesker Masken und Roben, und alles ging lautlos vor sich, bis auf den Donner und den Regen. Er fühlte sich von einem Tänzerkreis in den anderen geworfen.

Als der Sturm vorüber ging, wurde es heller; der Wolkenbruch wurde zum Regen, und die Tänzer ließen einer nach dem anderen ab; die einen lagen in der Nässe, die anderen rollten sich darin wie Hunde. Der Spiegel des Sees war von den fallenden Regentropfen durchlöchert. Bis zu den Knöcheln standen sie im Schlamm. Er entdeckte, daß er lachte und taumelte, und er hatte seine Arme um sie gelegt. Dann glitt er auf den Boden, rollte sich herum, setzte sich wieder auf und lachte noch immer. Dann begann er sinnlos und unsinnig zu weinen. Neben ihm saß jemand mit untergeschlagenen Beinen in einem langen schwarzen Kleid, und er hatte den Kopf zurückgelegt und den Mund geöffnet, um den Regen zu trinken. In der Ferne stampfte der Donner.

Am Seerand, halb im Wasser und halb außerhalb, trampelte ein Rundtanz das Ufer zur Formlosigkeit. Grasklumpen trieben im Wasser. Sie hatten eine runde Rinne gegraben, die ihnen fast zu den Knien reichte: Dämonen, Bäume, Schädel, eine nackte Gestalt mit verlängertem Kopf, die alle anderen drei Fuß hoch überragte, ein Mann als Bär maskiert, ein anderer als Frau gekleidet. Sie drängten wortlos vorwärts, hielten ruckartig an und drängten zurück. Ihre Augen schienen geschlossen zu sein. Sie taumelten weiter, die Köpfe eingezogen, und sie hielten einander an den Händen, während der Regen auf sie herabtrommelte, und so rannten sie in das Seewasser und taumelten zurück in den Schlamm des zertrampelten Ufers. Gras klebte an ihnen. Sie sahen erschöpft oder tot aus.

Jai Vedh legte die Hand über seine Augen. Erst wollte er den Ärmel des Fakirs in der schwarzen Robe neben ihm an sich heranziehen, dann wollte er schlafen; und plötzlich würgte es ihn. Er sprang auf, war fast hilflos vor Übelkeit und machte sich auf den Weg nach Hause. Ihn schauderte, wenn er an einer Tänzerreihe vorüber kam. Einige waren umgefallen und lagen auf dem Boden. Ihre Kostüme waren formlose Hüllen. Einige waren auf Händen und Knien, starrten ins Nichts oder flüsterten mit dem Nichts. Zwei spielten Karten. Er schlug an die Tür des Stahleis, bis er glaubte, seine ganze Kraft sei aus ihm herausgeflossen. Irgendwie kehrten sich seine Gefühle um, und er zog daran, drehte sich um sich selbst und fiel auf die Knie. Er ging zu den Tänzern. Einen Augenblick später sah er seinen eigenen Schatten auf dem Gras. Das überflutete Feld legte sich schräg, und die Eitür rollte über ihn. Abrupt hörte das Rauschen des Regens auf.

Er war in der Kapsel. Das Bettzeug war noch trocken, aber kalt. Das Licht blendete ihn. Das Gesicht des Kapitäns, nur eine Handbreite von dem seinen entfernt, war riesig groß: der Mund offen wie ein Fesselballon, das Fleisch unter dem fluoreszierenden Licht blaugrau, in jedem Auge ein See aus Furcht. Der Regen begann wieder zu rauschen. Der Kapitän klammerte sich an Jais beide Hände, duckte sich und schaute zur Tür. Die Frau stand da.

Eine *chanteuse* von den alten Folies Bérgère, ihre Füße und Knöchel vom Schlamm verkrustet, ihre Straußenfedern naß und schmutzig. Die Diamanten an ihren Handgelenken, in ihrem Haar, an ihrer Kehle und an den Knöcheln waren zu Beeren, zu Regentropfen oder Tränen geworden. Sie war halbtot vor Müdigkeit. Mit ihren schmutzigen Armen hing sie an einer Seite der Tür, Gesicht und Brüste preßte sie an das Metall. Ihre Augen waren geschlossen. Sie öffnete ein paarmal den Mund, als wolle sie sprechen, und dann sagte das Schnappschloß der Tür, das in die Wand verschweißt war, mit hoher, dünner, ungeölter Stimme:

Entschuldigung ... Zu müde ... Leichter, direkt zu reden.

»Mein Gott, mein Gott!« murmelte der Kapitän.

Entschuldigung, quiekte das Türschloß. Die Frau klammerte sich wie ein Fisch an den Rahmen.

Frontalangriff ... zuviel Streß ... unpassend für euch ... versuche es am Morgen ... nächste Woche ... nächsten Monat ... Die Zeit verflucht alles ... ihr werdet vergessen ...

Die Knie knickten ihr ein.

Heeeeexdokkor! kreischte das Türschloß. *Heeexendoktor! Häääxdokkor! Hexendoktor!*

Psychiater, gab es deutlich von sich.

Gute Nacht, sagte es vernünftig, und damit verlor die Frau ihren Halt, glitt aus dem Schiff und verschwand unter der Türschwelle.

Jai Vedh wurde sich des Mannes, der noch immer seine Hände hielt, nur vage bewußt. Er stürzte sich in den Schlaf.

II

Am nächsten Morgen kamen sie in der Rettungskapsel herunter: Jai Vedh war sicher angeschnallt und versuchte seine Luftkrankheit zu bekämpfen. Vor dem runden Ausstieg flossen die Stratosphärenwolken vorbei, und das Schiff bockte wie ein Lastenaufzug. Sie brannten einen Krater in den Wald, der von einem guten, flachen Felsrand umgeben war — geschmolzener und mit Erde verbundener Fels, aus dem aller Wasserdampf herausgebrannt war. Nicht einmal die Asche des verbrannten Grases blieb übrig. Sie stiegen aus auf orangefarbenes Gras unter den gelblaubigen Bäumen. Es war Herbst. Der Kapitän schüttelte wenig überzeugend der jungen Frau in dem einfachen braunen Kleid die Hand; sie war abgestellt worden, um sie willkommen zu heißen.

»Eine vergessene Kolonie?« fragte er.

»Eine vergessene Kolonie«, antwortete sie.

»Wie lange dauert es, bis das Gras diese Farbe annimmt?« fragt Jai Vedh, weil er neugierig war.

»Monate«, antwortete sie.

Sie gingen am See vorbei und sprachen nicht übermäßig interessiert über all das, was einer Kolonie in hundertfünfzig Jahren alles zustoßen kann. »Ich bin der Gemeindearzt«, sagte sie wie um Entschuldigung bittend. Auf dem Hügel, der den See überschaute, standen Steinhütten. Die junge Frau trug nichts, und ihre Füße waren nackt; sie erkletterte den Hügel mit nackten, hornigen Sohlen, trat auf Steine und Zweige und bemühte sich nicht einmal darum, sich ihren Weg zwischen den kantigen Felsen zu suchen. Bei der ersten Hütte blieb sie einen Augenblick stehen, um ihnen zu zeigen, daß es hier keine Tür, sondern nur eine Türöffnung gab, weil »der Herbst so trocken ist«, wie sie sagte.

»So etwas wie das hier habe ich schon einmal gesehen«, bemerkte Jai Vedh, als er sich umsah.

»Oh, zweifellos«, antwortete sie. »Es ist sehr alt, dieses Häuschen und gehörte meiner Urgroßmutter.«

»Das meinte ich nicht«, begann Jai.

»Wir bauen hier alles so wie früher«, unterbrach sie ihn. »Kommt herein.« Sie betraten hinter ihr die Hütte — und blieben, momentan geblendet, stehen. Ein kleiner Bach lief hier durch, und in einer Ecke waren Blätter aufgehäuft. Auf einem flachen Stein stand eine unglasierte Tonschüssel, und ein Docht schwamm in gelblichem Wasser. Das einzige Licht fiel durch die Türöffnung. Sie entschuldigte sich für einen Moment, ging durch die Türöffnung hinaus und kam gleich wieder zurück, mit einem grünen Apfel in jeder Hand. Sie hatten keine Stengel und waren flach wie Mangos.

»Starrt mich nicht so an«, sagte sie ungehalten. »Die Erbmasse ändert sich in hundertundfünfzig Jahren nur sehr geringfügig.« Der Kapitän warf Jai einen fragenden Blick zu und nahm beide Früchte.

»Es sind keine Früchte«, sagte sie, als er sie auf die Steinplatte legte. »Es sind Pflanzenwucherungen, wie Krebs. Und das hier« — sie deutete auf die Tonschüssel — »ist Öl. Wir handeln es ein.«

»Und zum Heizen?« fragte der Kapitän.

»Es ist nie kalt«, erklärte sie. »Ich bringe euch noch mehr zu essen, wenn ihr es braucht. Dies ist jetzt eure Wohnung, außer ihr wollt lieber im Freien wohnen, wie es viele von uns tun. Kommt mit...«

»Führer haben wir keinen«, erklärte sie. »Kommt, ihr werdet dann alle kennenlernen.«

»Junge Frau«, sagte der Kapitän.

»Ich weiß, ich weiß«, wehrte sie ab, duckte sich und schritt durch die Türöffnung in die Sonne hinaus. »Ihr müßt zu eurem Schiff zurückkehren und den Motor für ein Radio ausschlachten. Das tut man doch immer, nicht wahr? Ihr habt sehr abgedroschene Ideen.« Sie schwang an einer Hand in die Unsichtbarkeit und wieder zurück. »Wißt ihr, wenn ihr wartet, bringen wir euch die Ausrüstung, mit der *wir* heruntergekommen sind«, sagte sie.

»Deine *was*?« fragte der Kapitän.

»Unsere Ausrüstung«, antwortete sie. »Wenn ihr sehr hart arbeitet, könnt ihr euer Schiff in sechs Monaten reparieren und braucht nicht euer Leben lang auf Rettung zu warten. Ich denke, ihr würdet das sehr trübsinnig finden.«

»Und ihr habt euch niemals selbst gerettet!« rief Jai Vedh plötzlich. »Weil ihr nicht wolltet. Habe ich recht?«

»Du würdest sicher Eier vermuten, wenn du die Schalen sähst«, antwortete die Frau. »Das ist ein Kompliment. Kommt mit.« Sie führte die beiden aus der Steinhütte hinaus weiter den Hügel entlang.

Der Kapitän rutschte und stolperte in dem lockeren Schiefergeröll oben auf dem Kamm.

»Doktor...«, sagte Jai Vedh. »Du bist also der Doktor. Bin ich krank?«

»Sehr«, antwortete die Frau trocken. »Im Kopf. Ihr beide.«

»Dann kurier mich doch«, sagte Jai Zwei, der eine, der dies bemerkt hatte, und er musterte sie gespannt, als sie sich mit gekreuzten Beinen auf das lose Geröll hockte. Ihre Augen schlossen sich, und ihr Kopf tat einen Ruck vorwärts. Einen Augenblick später öffnete sie die Augen und stand auf.

»Ich kann nicht«, bemerkte sie gleichmütig. »Das ist Olyas Haus.«

»Die sind zum Teufel gegangen«, sagte der Kapitän. »Trancen und schwarze Magie.« Sie achtete aber nicht auf ihn.

»Hörst du, ihr seid dekadent«, sagte Jai Eins, der dem fast zustimmte.

»Ich denke, ihr seid ruppig«, sagte die Frau nach kurzem Schweigen, und dann kamen sie zu Olyas Haus. Sie griff nach seinem Handgelenk und zerrte ihn fast unhöflich durch die Türöffnung.

»Übrigens, ich weiß, was ›ausschlachten‹ heißt«, flüsterte sie. »Es heißt, man ißt etwas. Darüber habe ich schon gehört.« Sie schien im Halbdunkel zu zögern.

»Aber bitte, sagt mir doch, was heißt das eigentlich genau — *Radio*?«

Olya, die Slowenisch sprach, war nicht zuhause, auch nicht die Frau, die Deutsch konnte, und die Brüder, die Chinesisch verstanden. Sie waren irgendwohin gegangen, hatten irgend etwas zu tun, und niemand wußte, wann sie zurückkehren würden.

»Irgendwann kommen sie schon wieder«, sagte sie, und sie gingen in der Nachmittagshitze von Haus zu Haus, und in jedem Haus erzählte sie ihnen, wer darin wohnte. Aber alle Häuser über dem See waren leer, und so folgten sie ihr zum Seeufer und wieder einen Hügel hinauf. Der Nachmittag wurde immer stiller. Ganz in der Ferne summte ein Insekt oder vielleicht auch eine Säge. Hitzewellen stiegen aus dem Schieferbruch auf. Sie setzten sich auf das Geröll, weil, wie Jai säuerlich meinte, ein besseres Marterwerkzeug nicht vorhanden war. Die junge Frau verschränkte ihre Hände locker im Schoß, streckte ihre nackten Beine aus und schaute über das kleine Tal. Gelbe Bäume standen in langen Reihen bis zum See hinab. Alles hier war klein — die Bäume, der Pfad und sogar der See. Es war etwa so, als schaue man über den Hinterhof des Nachbarn, und die ganze Umgebung waberte in der Hitze, als wolle sie verschwinden, als sei eine bemalte Leinwand locker über etwas anderes gespannt.

Er bemerkte, daß er eine ganze Zeit auf seine eigenen Füße gestarrt hatte. Die Hitze machte ihn schläfrig. Er schüttelte den Kopf und hörte ein schwaches Toink-toink, das um den See herumkam und an den Ruf jenes brasilianischen Vogels erinnerte, der aufeinanderschlagende Kieselsteine imitieren kann. Nichts bewegte sich. Der Sonnenreflex auf dem See gleißte, das Schiefergeröll schwitzte, die Häuser standen da und warfen Schatten, und dann schien sich plötzlich das Universum zu verzerren; in einem grellen Lichtschein und einem schrillen Pfeifen riß das Gewebe der Schöpfung vom Himmel bis zum Stein auf, und ein nackter zwölfjähriger Junge erschien. Mit einem Kieselstein klopfte er auf eine Kürbisflasche, und dazu pfiff er tonlos vor sich hin. Er kam hinter einem Haus hervor und pfiff noch immer, als er sich ihnen näherte.

Toink! Er blieb stehen, hob die eine Hand mit der Flasche hoch, dann die mit dem Stein. Die Frau stellte ihm eine Frage. Er antwortete mit ausdrucksloser Miene in zwei Silben.

Sie stellte noch eine Frage.

Er antwortete genauso.

Und eine dritte.

Er schien eine Katze nachzumachen.

»Es tut mir leid«, sagte sie und wandte sich den Männern

zu. »Er sagt, Olya ist irgendwo auf der Jagd. Pflanzen, denke ich. Und die Chinesenbrüder machen Töpfe. Er sagt, er wisse nicht, wo. Und er sagt noch, der Teufel sei in alle gefahren und habe sie in die vier Ecken der Welt getrieben in ihrer wütenden Suche nach Neuheiten, und nur er sei davon ausgenommen. Er wandere also allein durch dieses verlassene Dorf, produziere liebliche Töne und lausche der Verdauung der Felsen.«

»Er ist ja ein Poet«, bemerkte der Kapitän schwerfällig.

»Das glaubt er wenigstens«, antwortete sie. »Er ist sehr sarkastisch. Willst du bitte hereinkommen?«

»Wozu denn?« fragte der Kapitän und machte nicht einmal den Versuch, aufzustehen.

»Es wird heiß«, sagte sie, und die beiden standen auf und gingen in die nächste Hütte. Schiefergestein schimmerte in der Sonne wie kleine Rinnsale, und sie traten es lose. Auch Jai stand auf.

»Sag mir doch«, bat er den Jungen, »kannst du wirklich all dieses Zeug mit einem Wort erzählen?« Schweiß lief ihm über den Hals und den Rücken entlang.

»Natürlich«, antwortete der Junge.

»Sprichst du Galactica?«

»Natürlich«, sagte der Junge. »Olya hat ein Muttermal und schwarze Haare. Okay. Setz dich. Auf und ab.«

Jai zog eine Grimasse. Er wandte sich zum Gehen, aber hinter ihm brach ein trockenes, zerrissenes Geklapper aus und mischte sich mit einem lauten, tönenden Klopfen auf die Kürbisflasche. Er drehte sich also um und sah den kleinen Jungen auf dem Schiefergeröll einen wilden Kriegstanz aufführen. Er warf sich von einer Seite zur anderen, und sein Kopf nickte dazu heftig, und dazu schnitt er Grimassen, als schreie er.

»Na schön«, sagte Jai Vedh. »Ich habe dich bemerkt.« Der Junge hörte damit auf.

»Das ist Olya«, erklärte der Junge. Er kam näher, schien plötzlich müde zu sein und ließ den Kopf hängen. Er sah Jai nicht an, streckte einen Finger aus und stieß damit seinen Arm an. »Dort, dort«, sagte er.

»Dort was?« fragte Jai geduldig.

»Dort, dort«, wiederholte der Junge tröstend und tätschelte Jais nackten Arm. »Dort, dort, dort.« Jai tat einen Schritt rückwärts.

»Wo sind denn alle?« fragte Jai scharf.

Der Junge sah unglücklich aus.

»Wenn du dich über uns lustig machen willst, dann wird es dir aber noch leid tun«, sagte Jai.

Der Junge zuckte unbehaglich die Schultern, machte ein betrübtes Gesicht und klopfte leise an die Flasche. Langsam schlurfte er durch den Schiefersplit den Hügel hinab. Jai trat ihm mit, wie er hoffte, einer drohenden Geste entgegen, und der Junge, dessen Augen sich unverständlicherweise mit Tränen gefüllt hatten, wirbelte herum und rannte zum nächsten Baum. Ein trauriges *Toink-toink* klang dahinter hervor. *Ein kindlicher Pan mit Bauchweh*, dachte Jai und strich sich mit der Handfläche müde über den Nacken. *Als ich so alt war wie er, hab' ich nicht geheult.* Er stellte sich den Jungen vor, wie er sich irgendwo im Dickicht versteckte und weinte, und das Gesicht hatte er auf den Boden gepreßt. Müde richtete er sich auf und wischte sich Stirn und Hals trocken. »Ans Ende aller Welten verschlagen mit einem närrischen Militaristen«, sagte er. Im Nacken hatte sich ein Muskelzucken entwickelt, und er rieb die Stelle, als er zur Steinhütte hinabging. Ob er je wieder in die Zivilisation zurückkehren würde? Wollte er überhaupt? Da kam ein kleines nacktes Mädchen aus der Hütte gerannt und lief an ihm vorbei den Hügel hinab. Ein weiteres Kind lief durch die Türöffnung und verschwand hinter dem Haus. Und noch eines. Er rannte.

Die Hütte war mit Kindern vollgestopft.

Das Geplapper hörte auf, als er eintrat. Zuerst schien die Hütte viel größer zu sein, als sie wirklich war, aber sofort bemerkte er, daß jemand den Docht in der Tonschüssel voll Öl angezündet hatte. Schatten hüpften an den Wänden. Die Kinder starrten ihn verwundert an, nur zwei stießen noch mit den Füßen in den Laubhaufen. Aber als diese beiden dann in ihn eintauchten und mit Blättern auf dem Kopf wieder hervorkamen, wurden auch sie still. Jemand nieste. Eine große Frau, eine Schönheit mit schimmerndem Haar, das zu einem Zopf geflochten um ihren Kopf lag, und einem dunklen Muttermal auf der Oberlippe, mit herrlichen Brüsten und nichts an als einem Fellrock um die Hüften, tauchte nach den beiden Kindern im Blätterhaufen, klemmte sich je eines unter einen Arm und warf sie an Jai Vedh vorbei zur Tür hinaus. Er hörte sie kreischen, und die anderen kicherten. Sie jagte nach den anderen im Raum herum, zerrte eines hinter der Frau im braunen Kleid hervor, die auf gekreuzten Beinen an einer Wand saß, und einen kleinen Dreikäsehoch entriß sie dem Kapitän, der ihm einen Keks entgegenhielt. Sie schüttelte und schlug ein paar und warf sie zur Tür hinaus.

Jai dachte an den wilden Kriegstanz des Jungen und seine irren Grimassen. Das ist Olya. Ihr Gesichtsschnitt war slawisch, ihre Augen schwarz wie Kohlengruben, ihr Temperament herrschsüchtig und feurig. Als das letzte Kind zur Tür hinausgeworfen war, wischte sie sich die Stirn ab, nahm ihre großen Brüste in die Hand, lehnte sich vorwärts und legte sie auf die Steinplatte. Die Frau im braunen Kleid neben ihr war kaum als Frau anzusehen. »Mich wundert, daß du uns nicht hereinkommen gehört hast«, sagte die Frau im braunen Kleid.

»*Evne, Kai Kristos?*« sagte die andere. Sie fächelte sich mit einer Hand. Dann lächelte sie Jai und den Kapitän strahlend an, und ihr Lächeln blühte auf und fiel sofort wieder in sich zusammen. Sie sah, daß der Kapitän den Keks noch in der Hand hatte, beugte sich zu ihm hinüber, nahm ihn und aß.

»Das ist Olya«, sagte die Frau im braunen Kleid.

»Das ist Evne«, sagte Olya mit dem Keks im Mund.

»Sprich nicht mit vollem Mund«, tadelte Evne, die Frau im braunen Kleid. »Das sind schlechte Manieren.«

»Warum? Ich habe doch gelächelt, nicht wahr?« sagte Olya verblüfft, und dann atmete sie leise, aber hörbar aus, und das klang halb wie *akh!* halb wie ein Seufzer. Sie richtete sich auf, wischte die Hände an den Hüften ab und ging zum Laubhaufen in der Hüttenecke. Der Kapitän beobachtete sie. *Er will einen Brunnen ohne Boden*, dachte Jai Vedh, und ihn schauderte. Sie grub ihre Hand in den Heuhaufen und holte etwas heraus. Sie kam zu den anderen zurück, kniete nieder und öffnete die Faust, um ihnen den Salamander zu zeigen, der auf ihrer Handfläche lag. Es war eine plumpe Hand mit spitz zulaufenden Fingern. Der Kapitän hüstelte verlegen.

Und da ist noch einer, dachte Jai und versuchte den Laubhaufen im trüben Licht zu erkennen.

»Ich hatte ein paar Notrationen bei mir«, sagte der Kapitän leise zu Jai. »Kekse. Ich versuchte die Kinder dafür zu interessieren.«

»Ich bin ja wirklich kein Tierarzt«, sagte Evne gereizt. Olya zuckte die Schultern, und das war ein spektakulärer Anblick. Der Kapitän hüstelte wieder.

»Na, schön, dann gib es mir«, sagte Evne und hielt das kleine Tier in ihrer Hand. Dann fiel sie plötzlich vorwärts, und ihr Kopf lag auf den Knien, nur die Hand mit dem Salamander hielt sie vorsichtig in die Höhe. Olya sah ihr zu, war nicht übermäßig interessiert und rieb sich die dünnen Haare am Nakken. Der Kapitän wandte den Kopf ruckhaft zur Tür um. Dann standen die beiden Männer auf und gingen hinaus.

»Verdammt noch mal«, sagte er, nachdem sie ein Stück gegangen waren und er unruhig ins Sonnenlicht blinzelte, »ich habe wirklich keine Lust, zwei ausgewachsenen Frauen bei schwarzer Magie wegen eines Frosches zuzuschauen!«

»Salamander«, berichtigte Jai automatisch.

»Kolonistenfrauen«, sagte der Kapitän. »Menschenfrauen. Keine Traditionen, keine Vernunft, zwanzig Sprachen. Und all das in eineinhalb Jahrhunderten!«

»Sie waren vielleicht eine multinationale Gruppe«, vermutete Jai.

»Ja«, antwortete der Kapitän, »und deshalb ging alles drunter und drüber.«

Ob er mit »drunter und drüber« wohl die große Frau meint?

»Sie hatten zuviel Glück«, fügte der Kapitän hinzu. »Viel zuviel Glück, Zivilist. Sie brauchten nichts zu arbeiten. Aus dieser Frau, die sich Evne nennt, bekam ich kein vernünftiges Wort heraus. Keiner arbeitet, keiner tut etwas, alles wächst von selbst. Woher bekommen sie das Öl? Sie finden es. Woher bekommen sie ihre Lebensmittel? Sie finden sie. Alles ist da, sie brauchen sich nur zu bücken. Nichts macht ihnen Mühe. Sogar ihr Klima ist viel zu verdammt gut. Wenn es regnet, wird man naß, das ist alles. Diese Evne hat ihr Kleid von ihrer Urgroßmutter geerbt, ihr Haus von ihrer Urgroßmutter, und ich stelle mir vor, was immer sie an mageren Ideen hat, die hat sie auch von ihrer Urgroßmutter geerbt.«

»Die haben verdammt gar kein Glück«, sagte Jai. »So verrotten sie ja nur. Und das meinst du doch, was?«

»Du weißt genau, was ich meine, Mister«, antwortete der Kapitän. »Sitzt ein Mann auf seinem Hintern mit nichts zu tun als zu essen, dann tut er doch nur das, was ihm gerade einfällt. Das ist doch immer so. Dieser Ort ist total verrottet. Während du draußen warst, habe ich mit unserer kleinen Doktorin gesprochen, und das einzige, was ihre Patienten vom Sterben abhält, ist der Umstand, daß sie keine hat. Und die Männer sind auch nicht besser. Über achtzehn oder neunzehn habe ich das tägliche Gerücht mit angehört. ›Was tut er heute?‹ — ›Er pflückt wilde Blumen.‹ — ›Was tut er?‹ — ›Er sieht den Erdhörnchen zu.‹ O Heiland! Keine Bücher, keine Schallplatten, keine Tonbänder, keine Arbeit, kein Leben! Verbringen ihr ganzes Leben damit, diese und jene Frucht zu kosten. Genau wie die letzten römischen Kaiser!«

»Ja ... Natürlich hast du recht«, antwortete Jai hilflos.

»Man stelle sich vor, ein *Mann* ...«, murmelte der Kapitän. »Bete, Zivilist, bete, daß sie wirklich irgendeine Ausrüstung haben, die wir brauchen können. Ich gehe jetzt zum Schiff, und vor Sonnenuntergang treffen wir uns dort.«

»Ja«, antwortete Jai Vedh, bog vom Pfad ab und ging den Hügel hinab, zwischen den Bäumen durch. Alles war glatt und sah eher wie ein Garten aus. Viel zu glatt. Selbst die Ranken und Lianen und das kriechende Gewächs unter den Füßen. Ein trockener Herbst: Klar, heiß, ruhig. Er fühlte sich unaussprechlich deprimiert. Vielleicht war es ein menschlicher Garten, ein Experiment, das jemand vor langer Zeit begonnen hatte. Vielleicht sammelte jemand Kinder oder Männer oder züchtete Typen daraus oder beobachtete anzüglich lachend zwei Frauen, die über einem Salamander-Haustier knieten ...

Aber Sprache ist Arbeit, dachte Jai. *Sprache ist harte Arbeit. Ich weiß das. Hundertfünfzig Jahre ohne Tonbänder, ohne Rundfunksendungen, und mit dem besten Willen entwickelt eine Kolonie dann mindestens einen regionalen Akzent.*

Hier haben sie keinen Willen. Und keinen Akzent.

Und Doktor Evne, ohne Patienten und ohne Medizin, hat einen polierten, literarischen Stil. Die Verdauung der Felsen. Eine wütende Suche nach Neuheiten. Die Teufel treiben sie ...

Galactica ist mein Hobby, sagte etwas neben ihm oder unter ihm oder hinter ihm. Er konnte sich nicht erinnern, wo er das schon früher gehört hatte. Er konnte sich auch nicht mehr erinnern, was sie gesagt oder was sie nicht gesagt hatte. Er stand still da, hatte die Hände zu Fäusten geballt und versuchte sich an alles zu erinnern: an den Lärm, den die Kinder gemacht haben, wie er in die Hütte gegangen war, denn es war unmöglich, Dreikäsehochs zum Stillsein zu zwingen. Und was hatte diese Frau Evne gesagt, als sie landeten? Hatte sie etwas gesagt, oder hatte er sich das nur eingebildet? Wie sich die Dinge in hundertfünfzig Jahren veränderten, irgend etwas Banales und Unerklärliches, genauso wie ihre »schwarze Magie« so banal und unerklärlich war, ohne Ritual, ohne Emotion, ohne Gesang und Litanei, ohne Dramatik. Geschnitzelt und getrocknet. *Und dieser kleine Junge*, sagte er zu sich selbst, *dieser sentimentale, sarkastische, ultrakluge, poetische kleine Nero!*

Ein greller Pfiff ertönte, und der Junge trat hinter einem Baum hervor, aber ohne Flasche und ohne Stein. Sein Haar, es war rötlich-braun wie das eines Amazonas-Indianers, hing ihm über die Schultern. Es war nicht von der Sonne gebleicht. Der Junge war auch nur ganz wenig von der Sonne gebräunt. Jai trat zu ihm und legte ihm eine Hand auf die Schulter.

»Woher kommst du?« fragte er leise. »Ist hinter diesem Baum dort etwa eine Falltür?«

Der Junge antwortete nicht, er sah nur mit großen, dunklen, unschuldigen Augen auf und versuchte mit kindlicher Bestimmtheit die Finger von seiner Schulter abzuschütteln. Jai verstärkte jedoch seinen Griff.

»Ist da unter diesem Baum eine *Stadt?*« fragte Jai mit einer Sanftheit, deren Haß selbst ihn staunen machte.

Der Junge sagte nichts. Jai drückte kräftiger zu, bis es ihn selbst schmerzte, aber die Miene des Kindes veränderte sich nicht. Abrupt ließ Jai ihn los. Der Junge, der bis zu den Knöcheln in welkem Laub stand, rieb seine Schulter. Er tat einen erstaunten Schrei, als Jai nach einem seiner Füße griff und ihn in die Höhe riß. Unter dem Fuß waren Kieselsteine, gebrochene Zweige und alte dicke Wurzeln gewesen. Die Sohle war so dick und hart wie Horn. Der Junge hatte noch nie im Leben Schuhe getragen.

»Naturkind«, sagte Jai Vedh fast giftig und ein wenig mürrisch. »Ja, Naturkind. Du, geh weg!«

Aber der Junge bewegte sich nicht. Dann bückte er sich und hob einen Zweig auf. Und schließlich musterte er gründlich erst die eine Sohle, dann die andere, als wolle er herausfinden, was so Interessantes an ihnen sei.

Er blickte verständnislos.

»Laß mich in Ruhe«, sagte Jai nur, wandte sich um und stieg den Hügel hinan, dem Pfad entgegen. Auf halbem Weg hörte er hinter sich ein Rascheln. Am Pfad angekommen, tat der Junge einen Satz vor ihn und pflanzte sich vor ihm in der gleichen Haltung wie Jai auf: Die rechte Hand zur Faust geballt, die Füße gespreizt, die Knie locker, den Zweig in der Faust, sein Gesicht eine absurde Karikatur des Hasses, die Zähne gefletscht, die Augen voll Trotz.

Ich bin bereit ... dachte Jai in sich hinein fluchend, *du wirst mich noch zum* ...

»Krieg!« kreischte der Junge. »Krieg! Krieg! Krieg!« Wie ein Papagei schrie er. Er hüpfte wie irr um den Mann herum. Dann hängte er sich an dessen rechten Arm, klatschte ihm auf die Hand und legte seinen Kopf auf Jais Schulter.

Jai Vedh brach in Tränen aus.

Er stieß den Jungen von sich, setzte sich auf den Pfad und überließ sich seinen Tränen. Es war kein wohltuendes Weinen, sondern es kam in harten Stößen, so daß seine Zähne klirrten. Er hatte sich vorher noch niemals so gehen lassen, und er wollte es auch gar nicht. Er verbarg sein Gesicht und grub seine Finger in die Haut. Er fühlte sich mit dem Zweig in die Rippen gebohrt und lachte, mußte dann aber noch viel verzweifelter weinen als vorher, bis er zu husten begann. Er fühlte das seidige Kribbeln der kindlichen Haut, als der Junge sich an ihn lehnte, und der heiße Atem in seinem Ohr sagte »rah tah tah tah!« Die Fersen trommelten auf dem Pfad, die Knochen und die Ellbogen. Er mußte sich zusammenreißen, stand auf und nahm den Jungen bei der Hand. Er ging mit ihm auf dem Pfad weiter, und der Junge hängte sich an seinen Arm, wie viel kleinere Kinder es tun, und ab und zu stieß er ihn mit dem Zweig an.

»Schau mal, du hörst jetzt lieber auf, mir ständig den Zweig in die Rippen zu bohren. Wie heißt du übrigens?« fragte Jai. »Ich kann dich doch nicht einfach Naturkind nennen.«

»Naturkind«, sagte der Junge, und sein Gesicht wurde unvermittelt ernst und geheimnisvoll.

»Nun, dann also Naturkind. Wie alt bist du?«

Der Junge gab einen Laut von sich, der so klang wie Dampf, der aus einem schadhaften Ventil entweicht.

»Hm. Hm. Und wie viele Leute seid ihr hier?«

»*Ftun*«, antwortete der Junge.

»Sehr aufschlußreich.«

»Selbstverständlich. *Ftun* ist doch eine Zahl«, sagte der Junge.

»Welche Zahl? Drei?« fragte Jai. Der Junge musterte ihn seltsam.

»Nein«, antwortete er, konzentrierte sich und murmelte etwas vor sich hin. »Es ist ... Es ist ...«

»Viel, sehr viel?« fragte Jai und hob fragend die Brauen.

»Ja«, sagte der Junge mit ausdrucksloser Miene.

»Viele, sehr viele?«

»Elftausendneunhundert und siebenundsiebzig haben sie mir gesagt.« Er wandte die Augen ab.

Dann ließ er Jai los und rannte den Pfad entlang, blieb nur einmal kurz stehen und drehte sich um, als wolle er etwas erflehen, aber es konnte auch nichts sein. Dann verschwand er zwischen den Bäumen. *Narr, Narr!* schrie sich Jai selbst voll Entsetzen an. *Du Narr!* Und er rannte dem Jungen nach.

Aber er war verschwunden.

Der Kapitän saß neben dem Schiff am Boden und hatte eine Menge kleiner, durchsichtiger Plastikplättchen auf den Knien liegen. Neben ihm lag ein wirrer Knäuel Silberdraht, auch ein Drahtschneider, aber diese Dinge schien er nicht zu benutzen. Er balancierte die Plättchen übereinander, etwa wie ein Kartenhaus, und klemmte in ihre Kanten Edelsteine, Ringe, kleine blaue Würfel. Das Gras war bunt von diesen Dingen. Als er Jai bemerkte, sprang er auf und ließ das fallen, was er getan hatte — es war starr.

»Warum hält das Zeug zusammen?« fragte Jai.

»Vorgeformte Module«, antwortete der Kapitän. »Radio... Mensch, was ist passiert?«

»Primzahl«, sagte Jai Vedh, »elftausendneunhundert und siebenundsiebzig. Kann nicht geteilt werden.« Er setzte sich neben das Kartenhaus: blitzend, blinkend, verloren, eingewebt in einen Ort, der so weit von der Erde weg war, daß er an ihrem Nachthimmel gar nicht zu sehen war. Das Ding lag auf der Seite im Gras, und die transparenten Plastikplättchen zeigten verschiedene Rauhigkeiten in ihrer Struktur, etwa wie Draht, keramische Einlagen, Riffelungen und Punkte.

»Es ist keine runde Zahl«, sagte er.

»Mister, drehst du schon wieder durch?« fragte der Kapitän.

»Nein. Es ist keine runde Zahl. Nicht in unserem Dezimalsystem. Nicht im Duodezimalsystem. Ich habe alles versucht, bis hinauf zu neunzehn. Läßt sich nicht teilen. Ich glaube, das ist tatsächlich eine Primzahl.«

»Mister...« begann der Kapitän.

»Es ist die Zahl der Leute auf diesem Planeten. Es ist keine runde Zahl, sondern eine Primzahl. Eine große Zahl. Die Bezeichnungen für Zahlen dieser Art sind lang, sehr lang. Wir sagen für runde Zahlen: einhundert, zehn Millionen, neuntausend, das ist doch kurz. Aber eine Primzahl, auch eine kleine Primzahl, kann man nicht mit einer Silbe ausdrücken.«

»Und?«

»Elftausendneunhundert und siebenundsiebzig ist *Ftun*. Ich gebe dir meine eigene, ungenaue, nachdrückliche Version. Eine Silbe! Was ist elftausendneunhundert und achtundsiebzig? Oder vier Millionen, zweihunderttausend dreihundertundachtzehn? Das überlasse ich deiner Vorstellungskraft.«

»Du glaubst also alles, was dir irgendein verdammter Narr vorbetet«, sagte der Kapitän. Und er setzte sich wieder und begann erneut an seinem Radio zu arbeiten.

»Ich glaube nicht an diese Zahl«, antwortete Jai, »und ich glaube auch nicht an diese Bevölkerung. Aber ich glaube an das Wort. Ich glaube, der Junge übersetzte von einem Zahlensystem in ein anderes, und ich, du Militarist, versuche mit allen Kräften, eine Sprache zu verstehen, in der jede Zahl über zehntausend einen eigenen, ganz bestimmten Namen hat.«

»Und?« fragte der Kapitän.

»Ich denke, diese Kolonie ist viel älter als hundertfünfzig Jahre. Und ich denke, das Ding, das du da machst, wird genausoviel oder wenig senden und empfangen wie ein Weihnachtsbaum.«

»Warum, Zivilist?« fragte der Kapitän lachend.

»Weil sie nicht wollen, daß wir weggehen. Sie wollen nicht, daß es jemand erfährt.«

»Erfährt? Was erfährt? Wir werden hier weggehen. Um Weihnachten etwa.« Er grinste breit. »Ja, Zivilist, um Weihnachten. Dreihundertneunundfünfzig Tage des dreihundertsten Jahres. Nach Beginn der Zeitrechnung. Oder Bombe, wie sie sagen. Du kannst dich nach einigen Kalendern richten: dem mohammedanischen, dem jüdischen, dem indischen, dem gregorianischen. Nimm irgendeine kleine Siedlung, die sich nicht an die Erdenzeit hält. Weihnachten haben sie alle.« Er grinste noch breiter. »Nur zwei Silben, eh? Wie *ftun*, zum Beispiel.« Und er brach in schallendes Gelächter aus.

»Du blöder Bastard!« sagte Jai Vedh und beugte sich über das Radio. »Du blöder, eingebildeter Bastard, begreifst du denn nicht...«

»Laß deine Hände davon«, sagte der Kapitän erstaunlich bewegt. »Rühr das ja nicht an!« Er stand auf und schob mit dem

Fuß das Radio zur Seite. »Und laß dich nicht gar so beeindrucken, Mister — *von kleinen Jungen.*«

Da schlug ihn Jai, wie man es ihn gelehrt hatte, denn er hatte nicht nur ein Hobby. Er traf ihn ordentlich am Unterkiefer, so daß der Kopf des Mannes zurückschnappte. Der Kapitän taumelte. Er sprang Jai an, doch dieser legte ihn auf den Rücken und verdrehte ihm den Arm. Er sah dem großen Mann zu, wie er langsam aufstand und wünschte, keine Sandalen anzuhaben. Seine Füße rutschten in den Riemen zu sehr herum, und etwas, eine chronische Demütigung belastete ihn, kränkte ihn, machte ihn langsam. Er konnte seine Augen nicht von den Stiefeln des Kapitäns lösen. Jetzt war die erste Runde vorüber. Der Kapitän trippelte um ihn herum. Sein Gesicht war sehr ernst, und er raschelte mit den Schuhen in den welken Blättern, drückte sie zusammen, auch das Gras. *Jetzt helfe mir Gott*, dachte Jai.

Du bist der beste Schüler, den ich je hatte, aber einen wirklichen Kampf wirst du nie gewinnen ...

Er wachte auf und fühlte sich hundeelend. Ihm war übel. Er lag auf der Seite und sah alles paarweise. Jemand kniete über dem Kapitän und schien mit einem von seinen Schuhen den Teufel aus ihm herausprügeln zu wollen. Er schloß die Augen wieder. Als er sie aufmachte, sah er zwei Gesichter über sich, die zusammenschmolzen und wieder auseinandersprangen, die sich verwischten, verlängerten wie in einem schlechten Spiegel und sich zu decken versuchten. Der Schmerz in seinem Kopf war unerträglich.

»Mach die Augen zu«, sagte eine Stimme. Er versuchte zu sprechen. Die zwei Hottentotten mit ihren zwei blaßbraunen Gesichtern, ihren flachen Nasen, ihren genau gleichen schwarzen Bärten streckten beide eine Hand aus, und beide sagten, »mach die Augen zu«. Und dann legte sich eine Hand über der anderen auf seine Augen. Der Schmerz schwand langsam. Die Übelkeit verebbte. Er spürte die Hand, die sich seitlich über seinen Schädel bewegte. »Gut«, sagte die ruhige Stimme. »Du bist wieder ganz in Ordnung. Mach jetzt die Augen auf.« Und Jai Vedh öffnete die Augen und schaute in ein Gesicht, in dem ein aggressiver Bart hüpfte, und die Augen waren schwarze Bälle und standen eine Handbreite vor den seinen. Ein hartes, mageres Negergesicht und ganz geschäftsmäßig. *Fleischfresser* dachte Jai Vedh. Die Lippen des Mannes zuckten.

»Setz dich auf, aber langsam«, befahl der Mann, und er half Jai dabei. Er trug die schwarze Kutte eines Mönches, aber das war gar nicht komisch. Ein paar Schritte weiter weg lag der Kapitän in voller Größe auf dem Gras, sein Gesicht war verschwollen, blaß und blutig, und er schnarchte, als schlafe er. Einer seiner Stiefel lag neben ihm.

»Du hast ihn geschlagen«, sagte Jai Vedh.

»Ja«, gab der andere ruhig zu. »Er machte mich zornig. Er hat dich gegen den Kopf getreten. Der Mann ist ein Sündenpfuhl.« Er half Jai auf die Füße, ging zum Kapitän und kniete neben ihn auf den Boden. Der Kapitän seufzte und murmelte etwas im Schlaf. Seine Glieder streckten sich. Quer über die Lichtung kam eine Frau. Es war Olya in ihrem Fellrock. Der Mann in der Mönchskutte stand auf, stieg über den Körper des Kapitäns und ging ihr entgegen. Für einen Moment schien es Jai, als falle Olyas Röckchen zu Boden und schmölze des Mannes Kutte weg, als lege er seine starken Arme um sie und beiße mit kräftigen Zähnen in die Warzen ihrer Primadonnabrüste, während sie, seinen Kopf mit den Armen umschließend, die Augen rollte, sich rückwärts lehnte, vor Liebeslust schauerte und verging. Die Vision verblaßte so schnell, wie sie gekommen war. Das Paar hatte die Arme um die Hüfte des Partners liegen, aber sonst benahmen sie sich sehr gesittet, und so standen sie dann vor Jai Vedh.

»Wie fühlst du dich?« fragte der Mann.

»Ich . . . Ziemlich wackelig.«

»Er sollte schlafen«, meinte Olya freundlich interessiert. »Damit er dann rechtzeitig vor dem Spiel aufwachen kann, verstehst du?«

Der Mann nickte. »Schlafe«, sagte er und machte eine Kopfbewegung zum Kapitän. »Ihn habe ich für mindestens vier Stunden betäubt. Wir werden dich also heute abend sehen.«

Und sie gingen quer über die Lichtung in den Wald. Jai legte sich hin und war sehr müde. Die Stelle an seinem Kopf, die so sehr geschmerzt hatte, konnte er nicht finden. Er schaute zum Kapitän hinüber, der nun wieder schnarchte, und dann zu den Bäumen und schließlich in den Himmel hinauf. Er fühlte wieder seinen Kopf ab, aber die Stelle ließ sich nicht mehr ertasten. Er dachte an Olya. Dann begann er in den Schlaf zu treiben. In seinem Traum legte sich Olya neben ihn. Sie war nur mit ihrem langen Haar bekleidet und mit sonst gar nichts. Sie streckte ihre Arme aus und öffnete ihre Knie, um ihm ihre ganze slawische Schönheit zu bieten: ihre funkelnden schwarzen Augen, ihr Haar, ihre Zähne, ihre starken Arme und ihren Leib und dazu alles Temperament, das zwischen Schultern und Schenkeln Platz hatte.

Geh weg, sagte er. *Du weißt, was ich bin.*

Ich weiß es viel besser, sagte die Traum-Olya, umarmte ihn und er griff nach ihrem langen, ein wenig wirren Haar, das er ausbreitete. Dann breitete er auch sie aus und stieß in sie hinein wie in eine Sturmwolke, entsetzt, schwitzend, überwältigt und fast erstickt von Olya, und die schrecklichen Krämpfe der Lust schüttelten ihn, als sie zur Größe einer Riesin anschwoll, zu einer Berggottheit, die von tödlichen Blitzen umspielt würde, die links und rechts von ihr Bäume töteten.

Aber Olya, du hast ja ein schwarzes Muttermal auf deiner Oberlippe, sagte er.

Das bin nicht ich! antwortete sie in einem merkwürdig, leicht hysterisch klingenden Konteralt, einer sehr dunklen Stimme mit einem kleinen Wippen am Schluß wie bei einem Vogelschwanz.

Nein — ah! Oh! Das ist doch meine Freundin Evne!

Und für einen Moment war die Frau, welche die Klimax seiner Lust empfing, Evne: Rosig überhaucht, verschleierte Augen und zitternd. Seine Lippen lagen auf dem schwarzen Muttermal an ihrer Oberlippe.

Mein Lieber, sagte sie. *Oh, mein Lieber, mein Liebster!*

Er wachte kurz vor Sonnenuntergang auf und hatte das Gefühl, irgendwie für den Tritt gegen den Kopf entschädigt werden zu sollen. Er zog den anderen Stiefel des Kapitäns aus und warf beide in den Müllschlucker des Schiffes. Dann weckte er den Kapitän mit einem Fußtritt in die Rippen auf.

»Was? Was?« schrie der Kapitän und setzte sich mit einem Ruck auf. Sein Gesicht sah ziemlich fleckig aus, und seine Oberlippe war geschwollen. Er blinzelte in die untergehende Sonne, schirmte die Augen mit einer Hand ab und konzentrierte den Blick schließlich auf Jai Vedh.

»Ah ... Wir haben gekämpft«, sagte er.

»Ja, das haben wir«, antwortete Jai trocken.

»Tut mir leid«, sagte der Kapitän. »Wirklich, tut mir leid. Verzeihst du mir?« Er kam schwerfällig auf die Füße, blinzelte und schaute zur Lichtung. Die Sonne stand fast am Fuß der Baumstämme. Stücke des zerbrochenen Radios lagen glitzernd im blutfarbenen Gras. Blaue Würfel waren im roten Abendlicht schwarz geworden. Mit einer Schulterbewegung, die halb ein Tick, halb ein Schauder war, begann der Kapitän die verstreuten Dinge aufzulesen. Er setzte sich in das Gras und machte sich daran, die einzelnen Stücke zusammenzustecken.

»Wir liegen nicht auf den Handelsrouten«, sagte Jai leise. »Verschwende deine Zeit nicht.«

Darauf sagte der Kapitän nichts.

»Die werden dich einsperren«, sagte Jai vorsichtig. »Um dich zu studieren.« Er beugte sich über den Mann. »*Das haben sie mir gesagt.*« Der Kapitän schwieg noch immer. Langsam wuchs der Weihnachtsbaum aus dem roten Gras: kristallin, metallisch, blitzend wie ein Juwel im letzten Glanz der untergehenden Sonne.

»Das ist schön«, sagte Jai. Der Kapitän schaute auf, er war erstaunt und dankbar und lächelte deshalb. »Ja, das ist wirklich schön«, sagte er. »Nicht wahr?« Und er beugte sich wieder wie ein Affe über eine Nadel. Er paßte einen Metallring ein und tastete blind unter den lose herumliegenden Plastikplättchen im Gras herum. Jai Vedh warf die Sandalen ab, schlang sie an den Riemen über die Schultern und ging zum Rand der Lichtung. Als der Wald begann, drehte er sich noch einmal um und sah, daß das Radio wie ein unmöglicher Salontrick nun höher war als der Kapitän und über seinen Kopf hinausragte. Er griff nach oben, um dort etwas zu befestigen. Von irgendwoher im Wald kam der schläfrige Gutenachtruf eines Vogels. Zum erstenmal.

Im Unterholz raschelte etwas. Schatten streckten sich über der Lichtung aus.

Er betet das Ding an, dachte Jai und lief barfuß durch den warmen Abend. Die Sandalen schlappten, während er lief, gegen seinen Rücken, als er in der Dunkelheit zwischen den Bäumen verschwand.

Er sah nichts, bis der Mond herauskam. Er wanderte in der Dunkelheit eine ganze Weile zwischen den Bäumen, und er dachte nicht daran, daß er auf etwas treten oder mit dem Fuß in ein Loch fallen könnte; oder daß er sich den Hals brechen könnte, vielleicht auch gegen einen Baum rennen. Nichts von all dem geschah. Er ging zum See hinunter und setzte sich dort ans Ufer, weil das Wasser die Farben des Abendhimmels aufnahm und es hier heller war als im Wald. Tief im Westen erschien im Nachglühen der Sonne ein fetter Planet und bewegte sich schnell in der falschen Richtung über den Himmel. Er glaubte, das müsse der Signalsatellit sein, der das Rettungsboot heruntergebracht hatte. Merkwürdig, er dachte voll Zuneigung an eine dicke, rennende Katze, nicht an ein natürliches Himmelsobjekt, das so dick, so schnell oder so tief über der Atmosphäre kreisen könnte, daß sich die unsichtbare Sonne in der Fläche des Bodens spiegelte. Das Ding verblaßte, als es höher stieg, und die echten Sterne kamen heraus. Er beobachtete ihre Reflexe im Wasser.

Es wurde immer dunkler. Die Sterne standen hier viel dichter und waren viel strahlender, als er sie von der Erde her kannte. Abrupt sprang er auf, denn er spürte eine Sichtverwirrung in seinem Rücken. Im ersten Augenblick sah er gar nichts, als nur noch mehr Dunkelheit, und dann erschien am Horizont die Ahnung einer Aura. Er dachte: *also gibt es einen Mond.* Den Mond der alten Erde hat er oft gesehen. Er stand auf, wußte zwar nicht, weshalb, ging aber um den See herum, dann zurück in den Wald und den Hügel hinauf, und immer ließ er sich vom Glühen der Aura leiten. Jetzt schimmerten die Sterne ungewöhnlich hell und klar, wie erlesene Perlen. Der See sah wie ihr Saatbeet aus. Kein Wunder, daß die Alten soviel Zeit mit der Betrachtung des Sternenhimmels verbracht hatten! Er hatte oft vom nächtlichen Tropenhimmel gehört und wie unbeschreiblich schön er sei. Er bückte sich, hob einen Kieselstein auf und ließ das Sternenlicht darüber spielen. Dann hielt er ihn neben das Gras, ließ ihn los und sah zu, wie er den Hügel hinabrollte und verschwand. Als er ihn nicht mehr sah, konnte er ihn hören, wie er an etwas stieß. Seine Füße erkannte er deutlich. Und die Schatten der Baumstämme. Die Sterne, bedrückend nun für einen Stadtbewohner, hingen schweigend und strahlend über seinem Kopf, daß er jede Einzelheit zu seinen Füßen und die Zweige der Bäume in zehn Schritten Entfernung klar ausmachen konnte. Ihm fiel ein: *so hell, daß man lesen konnte.* Das Glühen der Aura bedeckte fast noch ein Viertel des Himmels. Er schob die Zweige auseinander, die wie ein Schleier vor ihm hingen, und ging in eine Lichtung hinaus, zwischen den Bäumen durch auf eine andere Lichtung, und mit jeder Lichtung wurde es heller.

Dann stand er in einer Art natürlichen Amphitheaters, und er hätte schwören mögen, das habe er am Tag noch nicht gesehen. Die Mauern waren massiv, glänzten wie Quecksilber und schienen doch umstürzen zu wollen. Die letzten Sterne wurden zu Stecknadelköpfen und verschwanden. Von Horizont zu Horizont war der Himmel wolkenlos und von einem tiefen, blassen, gleichmäßigen Blau. Vor ihm nahmen die Mauern im theatralischen Licht immer solidere Formen an. Das Gras, das im Amphitheater wuchs, schien organgefarbig zu sein; es fing die ersten Schatten der spukhaftesten Farbe auf, während seine Hände und Arme allmählich unter seinen Blicken die Farbe des Lebens annahmen, bis er dessen und alles anderen sicher sein konnte, obwohl alles auf merkwürdige Art blieb, quecksilberüberhaucht, theatralisch angeleuchtet. Etwas am Grund des Amphitheaters fing das Licht auf und warf es grell zurück. Er hielt nach der Lichtquelle Ausschau und sah etwas Breites, Tiefes über den Baumspitzen schwimmen, eine Kugel jetzt, dann eine flache weiße Platte, schließlich wieder eine Kugel. Der Mond war aufgegangen, ein voller, dicker Mond.

Er war größer als der Mond, den er gewöhnt war, und er schien soviel größer zu sein, daß es ihn momentan schwindelte. Er glaubte, Wolken in seiner eigenen Atmosphäre erkennen zu können, sogar Kontinente, und er glaubte, er müsse in ihn hineinfallen. Er wußte, wie weit er seine Hand von den Augen weghalten mußte, um den Erdenmond zuzudecken, und er versuchte es auch mit diesem Mond: näher. Ein paar Bogengrade mehr. Zweimal so groß? *Du Dummkopf*, dachte er, *du würdest Bogengrad nicht einmal dann erkennen, wenn er dich bisse.*

Dann bemerkte er, daß jemand im Amphitheater war, keine zwanzig Yards von ihm entfernt, er winkte und fühlte sich erleichtert. Doch niemand winkte zurück, aber am Rand seines Blickfeldes bewegte sich etwas. Immer mehr Leute kamen herbei, als seien sie bis jetzt Statuen gewesen und unsichtbar geblieben, bis der Mond herauskam. Im ungewissen Licht mochten sie sich versteckt gehalten haben, bis sie alle sich gleichzeitig in Bewegung setzten. Es war absolut still.

Sie kamen herein, während ich wie ein Narr in den Himmel starrte, dachte er, wußte aber, daß dies nicht stimmte.

Eine Flamme züngelte am Grund des Amphitheaters auf und

erlosch wieder. Dann tat jemand einen Ausruf, es wurde gekichert und gewispert. Jemand zog sich aus der Gruppe unten zurück und besah seine Hand. Von allen Seiten kamen nun Leute heran, setzten sich, wechselten die Plätze, stiegen über andere Leute weg, legten sich auf den Boden. Es war ein gigantisches Picknick, eine Theatermenge, eine Maitagparade, eine Freiluft-Kolonialparty mit Menschen aller Farbschattierungen — vom mondbeschienenen rosigen Weiß bis zum mondbeschienenen Schwarz, und niemand sprach.

Ein alter, knochiger Mann mit Doppelkinn und weißem Haar, das ihm bis auf die Schultern fiel, aß Pflaumen aus einer Tunika, die er über die Knie gezogen hatte. Er saugte sie geräuschvoll aus. Jai legte ihm eine Hand auf die Schulter.

»Kannst du mir sagen . . .« begann Jai.

Seinen Satz beendete er nicht. Der alte Mann sprang auf, als seien diese Worte eine energisierende Vision oder ein fantastisches Wagnis, und wie ein Taucher stürzte er sich kopfüber den Hang hinab. Unten am Grund des Amphitheaters setzte er die Bewegung fort und sprang in Purzelbäumen rückwärts durch das ganze Rund: sehr rhythmisch, sehr gewissenhaft, mit ernstem Gesicht. Kleine Flammen zuckten von seinen Fersen auf. Er machte die Runde ein paar Dutzend Male, jedesmal so wie die vorige Runde, und dann, als habe alle Kraft ihn plötzlich verlassen, wandelte er sie ab zu den gemessenen, ein wenig zitternden, anmutsvollen Bewegungen des Alters. Er hob unsicher einen Fuß und setzte ihn auf den Boden, dann den anderen; er breitete seine Arme aus und drehte sich langsam um sich selbst. Alle Leute seufzten. Jai fühlte Tränen in den Augen, als er sich mühsam erst auf eine Seite, dann auf die andere bog. Er legte eine Hand in den Nacken, als wolle er ihn stützen, und er zitterte vor Anstrengung; er kniete nieder, stand auf und ging irgendwohin zu den Sitzen des Amphitheaters, ohne einen anzusehen, und dort half ihm jemand, sich zu setzen.

Dann begann jemand zu singen. Es war eine topographische Musik, entstanden aus zufälligen Nummern und mit unvorhergesehenen Pausen, so als gebe der Sprecher damit die Konturen einer Landkarte. Es war unmöglich, das Alter oder Geschlecht der Sänger zu bestimmen. Gegen Ende des Gesanges stieg die Stimmhöhe bis zur äußersten Grenze an, verweilte dort einige Minuten, aber dann kamen die Stimmen wieder herab zu einer erlesenen, verführerischen Intonation menschlicher Möglichkeiten und endete sehr prosaisch mit einer Art Blöken.

Dann ereignete sich dreißig Minuten lang gar nichts.

Nun verblaßten die Farben des Amphitheaters allmählich, etwa so, als stelle jemand einen Film ein; das ging eine ganze Weile so weiter, und die Luft schien mit einem Schlag ein wenig wärmer oder ein wenig kälter zu werden. Zweimal fühlte Jai auch eine Druckveränderung in seinen Ohren. Die Leute links und rechts von ihm schwankten leicht auf ihren Sitzen, erst nach unten, dann nach oben. Er hielt das für einen Gemeinschaftstanz, bis er fühlte, wie ihm das Blut in den Kopf schoß. Die Mauern des Amphitheaters legten sich in eine steile Schräge, wenn die Menge sich vorwärts beugte und fiel zurück, um sich zu einem breiten Rohr zu verengen, während die Leute fielen, und verflachte sich, wenn sie sich erhoben.

Er wußte, daß fast alles davon Einbildung war, Spielereien mit dem Schwerefeld des Planeten. Gemeinschaftstanz. Er dachte schon, er müsse sich übergeben. Seine Nachbarn versuchten ihre Arme in die seinen zu verschränken, doch er wich ihnen aus. Er hatte eine Vision von sich selbst außen im Raum, zusammengeringelt wie ein Fötus und mit dem Planeten verbunden durch eine Schnur, an deren Ende er wie ein Spielzeug herumwirbelte. Spielten die Kinder je ... Jemand verlängerte und verkürzte systematisch sein Herz. Die Mauern des Amphitheaters lehnten sich unvermittelt nach rechts, wurden zu einer Klippe. *Das ist jetzt genug!* schrie er, klammerte sich an das Gras und versuchte, daran hinauf oder hinab zu klettern. *Verdammte Mißgeburten!* Der ganze Hügel bewegte sich unter ihm. Vage wurde er sich dessen bewußt, daß sich der Boden wieder beruhigt hatte, aber seine wütende Angst ließ erst nach, als er die Bäume erreicht hatte.

Hinter ihm war eine erregte Diskussion im Gange. Vielleicht, dachte er, würden sie jetzt eine Komödie aufführen, etwa eine Tänzerin, die nicht levitierte, sondern ihren Schwebezustand als echte Anstrengung hinstellte, wie etwa eine Frau in einer Farce, die nicht zu wissen vorgibt, daß ihr Kleid den ganzen Rücken entlang aufgerissen ist. Telepathie. Telekinese. Teleportation. Telehalluzinationen. Telekontrolle. Telewahrnehmung. Alles nur Tele-Erlebnisse?

Alle schauen mich an, dachte er.
Ich muß zum Schiff zurück.

Er stand unter den Bäumen des Waldrandes und versuchte mit einer Hand seine Sandalen anzuziehen, und die andere hatte er auf idiotische Art um seinen Kopf gelegt, als wolle er seine Gedanken am Heraussickern hindern. Da griff eine heiße Hand nach ihm, und als er nach unten schaute, sah er ein kleines Mädchen von neun oder zehn Jahren, das sich an seine Hand klammerte und ihm ins Gesicht schaute. Sie sah Evne sehr ähnlich, hatte langes, dunkles Haar und trug nur einen fantastischen Kopfschmuck aus einem verknoteten Taschentuch.

»Mister, bleiben?« fragte sie.

Er sagte nichts, schloß nur die Riemen seiner Sandalen und zog sich langsam zurück. Sie hielt seinen Ärmel fest und folgte ihm in den Wald, und nach einer Weile sah er, daß sie strauchelte und ging langsamer.

»Bitte?« fragte das kleine Mädchen.

Jai Vedh hatte Mordgedanken.

»Ich kann sprechen«, sagte das kleine Mädchen, und dann herrschte eine Weile Schweigen.

»Es ist nur deshalb, weil sie *Erwachsene* sind. *Erwachsene sind entsetzlich*«, sprach sie einigermaßen fließend. »Sie sagen, ›oh, dem wird es bald wieder gut gehen‹. Erwachsene haben nicht das geringste *Mitleid*. Nur weil sie alles mögliche Zeug können. Ich kann noch nicht alles mögliche Zeug, weil ich erst neun bin. Aber ich kann sprechen, wie du siehst. Und jetzt mußt *du* etwas sagen.«

»Telepathie«, antwortete Jai Vedh automatisch.

»Nein«, erwiderte das kleine Mädchen. »Reden, nicht Telepathie. Sag: ›wie geht es dir?‹«

Plötzlich schrie sie: »Mein Hut, mein Hut!« Sie riß sich das Taschentuch vom Kopf, warf sich auf den Boden und brach in Tränen aus.

»Oh, jetzt versäume ich die Kinderparade!« jammerte sie.

»Die *was?*«

»Die Kinderparade«, heulte sie und schnaubte. »Alle großen Ereignisse müssen doch mit einer Kinderparade aufhören. Die Erwachsenen mögen sie nicht, aber die Kinder mögen sie, denn wir wollen uns auch zeigen. Man ist ja ein Kind, bis man fast ganz erwachsen ist«, fügte sie hinzu.

»Guter Gott!« rief Jai zwischen Entsetzen und Lachen.

»In Wirklichkeit *ist alles ja dein Fehler*«, sagte das Mädchen nach einer Weile kalt. »Du warst in einem solchen Gefühlsaufruhr, daß ich davon Kopfschmerzen bekam. Ich *mußte* dir einfach folgen. Und jetzt werde ich die Babyparade versäumen!« heulte sie und stieß mit dem Fuß nach ihrem Kopfschmuck.

»Mein Name ist Jai Vedh«, erklärte ihr Jai ernsthaft. »Jetzt müssen wir einander die Hand schütteln.« Er streckte die seine aus, sie die ihre.

»Auf und ab schütteln?« fragte sie. »Ah, wie interessant! Ich bin Evnes Tochter und heiße Evniki, und das heißt kleine Evne, und ich bin eine Jungfrauengeburt. Aber ich bin kein Einzeller.« Sie hob ihren Kopfschmuck auf und rammte ihn auf den Kopf. »Ich habe einen kompletten Satz genetischen Materials. Ich bin ein Duplikat, selbstbefruchtet. Reden ist mein Hobby, besonders Galactica, genau wie bei meiner Mutter. Ich habe einen spalterbigen Bruder und eine ebenfalls heterozygote Schwester, aber die werden erst in zehn Jahren geboren. Bis jetzt sind sie nur befruchtete Eier. Sie sind noch im Limbo. Mutter ist eine genetische Chirurgin.«

Sie stand auf.

»Während du deine Gedanken einsammelst«, sagte sie und klopfte sich welke Blätter ab, »werde ich dir mehr erzählen. Ich bin neun und kann mich selbst ernähren, also brauche ich nicht mit anderen zusammenzuleben. Natürlich kann ich Gedanken noch nicht wahrnehmen, weil ich erst neun bin, aber ich kann Gefühle lesen, kann mich herumbewegen und feststellen, wo die Leute sind und so weiter. Das kann ja jeder. Wenn die Kinder tatsächlich alles tun könnten, würden wir alle in unseren Betten ermordet werden.

»Ich bin neun«, fuhr sie pedantisch fort, »aber eigentlich bin ich fünfzehn. Ich habe mich nur selbst gebremst. Man sagt auch ›gehemmt‹, oder ›man zieht die Füße nach‹. Mutter sagt immer zu mir, ›Evniki, zieh deine Füße nicht nach‹, aber sie soll es erst mal versuchen, mich anzutreiben! Ich möchte es richtig genießen. Natürlich muß ich eines Tages aufhören, mein Wachstum zu hemmen, sonst bleibe ich ja ewig eine Zwergin. Weißt du, ein Jahr lang will ich noch warten, bevor ich mich in das Erwachsenwerden stürze. Ich möchte mich erst richtig intellektuell entwickeln. Und das macht man eben so. Allerdings wird es mit der Zeit ziemlich langweilig. Die anderen Neunjährigen sind so blöd, das kann man sich gar nicht vorstellen, und keiner will richtig mit mir reden. Deswegen rede ich mir ja jetzt den Kopf weg. Und außerdem bin ich ziemlich redegewandt.

Ich denke, ich verlege mich auf diese Kunst, und dann hält man mich für esoterisch. Fühlst du dich jetzt wieder ein wenig ruhigeren Gemüts?«

»Ja«, antwortete Jai und war über sich selbst erstaunt.

»Gut«, sagte Evniki. »Du bist viel besser als der andere. Du lachst und weinst und kommst über einiges hinweg. Und jetzt fühlst du dich noch wohler und ruhiger?«

»Evniki, wenn du weißt, wie ruhig ich mich fühle, warum *fragst* du mich dann, wie ruhig ich bin?«

»Weil ich gern rede und kontaktfreudig bin«, antwortete das Kind und lächelte geheimnisvoll, nachdenklich und ziemlich vage, gar nicht, wie eine Neunjährige lächelt. Sie drückte sich an seine Seite. »Niemand redet«, fuhr sie fort. »Die Erwachsenen haben kaum einmal Namen.« Sie legte einen Arm um seinen Hals und sah ihm seelenvoll in die Augen.

»Sind alle die Kinder hier solche Rankengewächse wie du?« fragte Jai trocken und versuchte sie von sich abzupflücken. Doch sie entglitt seinen Händen und hängte sich wieder an ihn.

»Magst du denn keine kleinen Mädchen?« fragte sie lockend und versteckte ihr Gesicht hinter ihrem Kopfputz.

»Guter Gott, nein!« rief Jai verblüfft.

»Oh, das tun doch alle Männer«, sagte Evniki und rieb ihr Knie an dem seinen. »Und alle kleinen Mädchen mögen die Männer. Niemand würde sich darüber wundern. Du kannst mich nicht wegstoßen, sonst tust du mir nämlich weh. Das weiß Mutter auch. Sie ist sogar eifersüchtig. Das fühle ich. Jetzt. Mutter ist irre eifersüchtig. Wir mögen einander nicht.«

»Hör damit auf, Evniki«, sagte Jai streng. »Nur weil ich lache . . .«

»Du lachst ja gar nicht«, widersprach ihm Evniki sanft. »Du vergißt es. Das weiß ich.« Ihre Miene veränderte sich plötzlich. »In dir bewegt sich etwas«, flüsterte sie verträumt. »Ich fühle es. Ah, es ist gut! Ich schwimme in deinen Geist und wieder hinaus. Ich werde Dutzende von Leuten. Und jetzt komme ich wieder . . .«

»Evniki, necke mich nicht . . .«

»Oh, es geschieht wirklich«, sagte das Kind, als habe es ihn in ihrer Trance nicht gehört. »Wie erstaunlich! Es geschieht wirklich! Du denkst, ich bin ein ganzes Dutzend Menschen, und alles wird dich mitziehen, weil du so in dich selbst verschlossen bist. Nicht wie andere Männer. Du denkst, ich bin ein schönes

Kind. Nun fange ich in deinem Geist zu glühen an, ganz und gar, wie ein Schilfrohr, wie eine Kerze. Oh, mach mich glühen, ich liebe es, mich zu beobachten, wie ich glühe ...«

»Evne«, wisperte Jai entsetzt, »wenn ich dich jetzt einfach nehmen sollte ...«

»Evne«, flüsterte das kleine Mädchen und entzog sich seiner Nähe. »Das ist der Name meiner Mutter. Du untreuer Mann!« Und damit verschwand sie im Wald.

Der Mond war schon im Untergehen, und das Licht zwischen den Bäumen schwand allmählich; darüber war ein unnatürlicher Himmel. Er kniete nieder und schlug die Hände vor das Gesicht. Die fünfte oder sechste Phase der Nacht kroch zwischen den Baumstämmen oder den Wohnzimmerteppich des Grases: neue Insektengeräusche, neue Bewegungen, ein plötzliches Prasseln von Schlägen, dann ein Knarren im Gebüsch wie das Knarren einer Tür. Irgend jemand, irgendwo und irgendwie wurde das alles an ihm vorbeigeleitet. Irgend jemand sah in der Dunkelheit über Meilen hinweg Jai Vedh, als sei Jai Vedh der Brennpunkt aller Suchstrahler und Punktscheinwerfer in allen Theatern der Erde. Jemand sprach in Meilen Entfernung in der Dunkelheit mit jemandem, vorsichtig, geschickt, geistesabwesend, hielt die Gefahren der Nacht fern von Jai Vedh und spielte vielleicht gleichzeitig ein Schachspiel. Die Erwachsenen, dachte er, waren Götter, die Kinder herzlos. Er legte sich hin. Ein Sternblümchen am Fuß eines Baumes nahm, ohne aufzuhören ein Sternblümchen zu sein, die unmißverständliche Aura Evnes an, und die war ihm so unendlich vertraut, daß er aufsprang, einen Zweig vom Baum riß, um sich und sein Leben zu verteidigen.

»Das bist nicht du!« rief er. »Das ist eine Metapher meines Geistes, um mich für jene Dinge zu entschädigen, die du in meinen Geist gepflanzt hast!«

Das Sternblümchen wurde wieder zu einem Sternblümchen.

Er legte sich nieder, um zu schlafen, denn hier war er auch nicht sicherer oder in größerer Gefahr als sonst irgendwo, und in seinem Traum hing das Sternblümchen wie ein schweigender, unabweisbarer Vampirkopf über ihm. Und sagte ihm alles.

Olya, die gerade damit fertig war, alle Kinder durchzuschütteln, zu verdreschen und hinauszuwerfen, kniete über dem Wasserlauf in ihrer Hütte, tauchte die Hände ein und glättete ihr

Haar. Jai lehnte in einer Hüttenecke und hatte das Sedativgewehr des Kapitäns auf den Knien liegen, und der Kapitän, der es beim Aufwachen vermißt, aber nicht mehr zurückbekommen hatte, lümmelte verlegen und schuldbewußt auf der flachen Steinplatte. Die schräg durch die Türöffnung fallende Morgensonne ließ alles ungeheuer erscheinen.

»Kinder«, sagte Jai und nahm das Gewehr fester in den Griff, »können nicht alles tun, denn wenn sie es täten, würden wir alle in unseren Betten ermordet werden. Mit neun kann man Gefühle lesen und die eigenen Drüsensekretionen so kontrollieren, daß das Wachstum gehemmt wird. Und man kann Leute finden und sofort dorthin gehen, aber man kann keine Gedanken lesen, denn man redet noch. Erwachsene können alles tun. Erwachsene können das so gut, daß sie kaum mehr reden.«

Olya wischte sich die Hände an ihrem Rock ab hob ihre sehr fein geschwungenen Augenbrauen.

»*Ich* und nicht reden?« fragte sie verwundert.

»Nein«, antwortete Jai Vedh. »Du bist schon erwachsen. Das entwickelt sich in der Pubertät. Es ermöglicht dir zu wissen, wo jeder ist, was jeder denkt und fühlt. Alle anderen wissen, was du denkst und fühlst. Du kannst dich selbst von einem Ort zum anderen transportieren; sofort sogar. Du kannst dich levitieren, du kannst ferne Gegenstände wahrnehmen und manipulieren, angefangen von einer Größe, die ich nicht bestimmen kann, bis hinunter zur submikroskopischen Abmessung. Ich denke auch, du kannst alles direkt wahrnehmen: Masse, Ladung, alles. Und du spielst damit. Du spielst mit der Wellenlänge des Lichtes und mit der Schwerkraft«, fügte er hinzu. Seine Hände waren eiskalt. Sie warf dem Kapitän einen lächelnden Blick zu und streckte fröhlich die Hand aus, aber Jai war schon auf den Füßen.

»Ich spiele mit dem Licht?« fragte Olya ein wenig verwirrt, aber immer noch lächelnd. »Ich spiele mit der Schwerkraft? Ich habe doch kein Schiff. Ich habe auch keine farbigen Lichter, nein?«

»Ich glaube nicht«, antwortete Jai vorsichtig und setzte sich wieder in eine Ecke, »daß ein Teleporter sich gerne in einer Steinmauer materialisieren würde.«

»Tscha«, sagte Olya verlegen und zuckte die Achseln.

»Das höre ich jetzt schon, seit . . .« sagte der Kapitän zwischen zusammengebissenen Zähnen.

»Eine kleine Pflanze sagte es mir«, sagte Jai, und er stellte ihr eine unausgesprochene Frage, die viel zu stark war für Worte, die aber zusammengefaßt werden konnte in: WIEVIEL?

»Habe ich denn Maschinen?« rief Olya ärgerlich. »Habe ich metallene Gegenstände? Habe ich Lichter? Habe ich ...«

Da schlug er sie mit dem Gewehrkolben.

Er spürte in ihr einen wütenden Widerstand, als ziehe sie daran oder schiebe es weg, und dann wurden ihm die Füße unter dem Leib weggezogen, aber der Schlag traf trotzdem und traf sie seitlich am Kopf. Sie fiel vornüber und blieb still liegen. Er mußte dem Kapitän ein Bein stellen und ihm einen Schuß aus dem Sedativgewehr verpassen. Er beobachtete sie aufmerksam, wagte jedoch nicht, ihr zu helfen, als sie die Augen öffnete; unter ihrem Haar lief ein dünner Blutfaden heraus, der viel zu schnell trocknete, und dann verfiel momentan das Gesicht, als das Blut und der Schmutzschmierer vom Boden spurlos verschwanden.

»Ich kann dies tun, bitte«, sagte Olya leise. »Es ist nicht ernst.«

»Verzeih mir, verzeih mir«, flehte Jai.

»Oh, nein, nein«, antwortete sie höflich. Ihre Gesichtsmuskeln erschlafften erneut. Er beobachtete sie solange, daß sie nervös wurde, als sie wieder aufwachte. Schnell setzte sie sich auf, wischte die Hände aneinander ab und deutete auf den Kapitän, der sich noch immer auf dem flachen Stein lümmelte und den Kopf hängen ließ. Sie war zweifellos sehr amüsiert. Dann hustete sie und klopfte mit einer Miene überzeugter Schicklichkeit ihren Hals ab. Sie zog ihren Rock zurecht.

»Deine kleine Pflanze hat dir verraten, daß wir nicht an viele Dinge auf einmal denken können?« fragte sie herablassend.

»Du bist Lehrerin, nicht wahr?« fragte Jai.

»Ach ja, ja«, meinte Olya nachdenklich. »Das ist richtig. Wir können nicht an viele Dinge gleichzeitig denken. Und wir können auch nicht sehr schnell denken. Ich selbst kann in der Stunde nur eine Meile reisen — in einem Hüpfer. Heißt das so?«

»Hüpfer, das geht schon«, antwortete Jai.

»Du mußt mir verzeihen«, sagte sie ernsthaft und trommelte mit den Fingern auf ihr Knie. »Ich vergesse, darum nehme ich es aus deinem Geist. In einem Hüpfer. Wäre ich gut, könnte ich drei Meilen machen. Chuang Tzu spricht von *ming*; verallgemeinerte internale Wahrnehmung, das ist *ming*. Du und ich, wir sind wie Efeupflanze und das Erdhörnchen. Das ist eine alte Fabel, das Erdhörnchen rennt einen Ast entlang, bis er sich gabelt, und dann wieder zurück. Aber die Efeupflanze, die sich am Ast festhält, kann nicht sehen, wohin das Erdhörnchen gelaufen ist und sagt: ›Wie kamst du in einem Augenblick von hier nach dort? Wie konntest du in einem Augenblick eine Nuß von hier nach dort bringen?‹ Das Erdhörnchen erklärte es. Die Efeupflanze sagt: ›Ast? Wovon redest du? Ast? es gibt keinen Ast. Es gibt kein Hinauf und Hinab, nur das und so.‹ Siehst du, wir gehen diesen Teil hinab, erreichen die Astgabelung und gehen den anderen Teil wieder hinauf. So kommen wir zur anderen Seite. Wir sehen alles, wir tun alles. Es gibt soviele Gabelungen, immer tiefer und tiefer. Man sitzt, man schließt die Augen, man legt sich nieder, man geht in ein Koma. Verstehst du?«

»Ja«, antwortete Jai Vedh. »Ja, ja, oh, heiliger Gott!«

»Das ist doch gar nicht so viel«, sagte Olya und zuckte die Achseln. »Schließlich bist du viel weiter und viel schneller gereist, als ich es tat, Jai Vedh, und das stimmt doch? Und die Leute tun viel mehr. Es ist — vom Reisen abgesehen — doch so: Ich rufe mit meiner Stimme und ohne Hilfsmittel, soweit ich kann, nicht viel weiter; ich kann ohne Hilfe nicht heben, was ich mit meinem Körper nicht heben kann, oder nicht viel mehr; das ist richtig.« Sie räusperte sich. »Und die Medizin habt ihr ja auch. Es ist also doch nicht so überwältigend, oder?«

»Ich würde meinen rechten Arm dafür geben!« platzte er heraus.

»Pfui, Jai Vedh! Wofür denn? Um die Luft zu formen? Nein, natürlich nicht. Um die Gedanken eines anderen zu teilen? Das ist doch viel zu trübselig.« Und sie zuckte gleichgültig die Achseln.

Um Gedanken zu teilen, ja, sagte er. *Und ihr Leute habt wenig Übung darin, sie zu verbergen.* Es war eine merkwürdige, elektrisierende Sache, daß er ja gar nicht gesprochen hatte. Olya hatte den Kopf schräg gelegt, als lausche sie; ihre Augen schauten blicklos in die Ferne, und ihre Lippen öffneten sich. Sie sah ängstlich und überrascht drein. *Wie eine Glasscheibe,* dachte er.

»Glas!« rief Olya verblüfft und sah ihn dabei nicht an. »Welches Glas?« Sie sprang auf, lief zum sprachlosen Kapitän und schüttelte ihn gereizt.

»Fenster«, antwortete Jai hilflos. »Würde es dir etwas aus-

50

machen...« Aber als er über den kleinen Bach zu springen versuchte, saß eine braune Erscheinung drinnen; nackt, bärtig, lächelnd — der Hottentott des gestrigen Tages. Er hatte einen Arm um die Knie gelegt und rauchte eine Zigarette.
»Wie geht es dir?« erkundigte er sich höflich. »Ich glaube, wir sollten einander die Hände schütteln. Mein Bruder nimmt aber den Kindern deine Zigaretten weg; sie essen sie nämlich. Ich werde auf deine Habseligkeiten einen Zauber legen, oder es bleibt dir nichts mehr davon übrig. Einen Zauber, Mann, ein Amulett, einen Talisman, mehr oder weniger eine elektrostatische Ladung. Für die Kinder.«
Ein jüngerer Mann erschien am Bachrand. Er war ebenso nackt, fast milchfarben, blauäugig und blond.
»Mein Bruder«, sagte der erste und lachte verschmitzt. »Ich werde mich selbst Joseph K nennen, und er heißt Franz. Du hast einen gut ausgeprägten Verstand. Wir haben dich gern.«
Die beiden Brüder schüttelten einander die Hände, und da ging von einem zum anderen irgend etwas, das kaum wahrnehmbar war, und auch zu Olya, obwohl sie ihnen den Rücken zuwandte; es war wie ein Blitz, der um die Steinmauern zuckend kam, bevor Jai sich dessen noch bewußt wurde, und es war die umfassendste und vollständigste Verständigung, die er jemals erlebt hatte. Er legte die Hände auf die Ohren und schloß die Augen.
»Aufhören!« brüllte er.
Es herrschte absolutes Schweigen. Als er die Augen wieder öffnete, waren die beiden Männer verschwunden. Nasse Fußspuren führten zur Tür, und sie sahen aus wie die gemalten Handabdrücke auf den Felsen in Australien auf der alten Erde; Handabdrücke, die vielleicht von einer Dämmerfrau wie Evne gemacht worden waren, einer kleinen, ruhigen Frau mit Gott weiß welchen übermenschlichen Absichten hinter ihrem einfachen Gesicht. Leute wie Olya waren doch eigentlich durchschnittlich. Er sehnte sich höllisch danach, daß die durchschnittliche Olya ihre Arme um ihn legte, so daß er sich als Zehnjähriger empfände. Er brauchte Ohrstöpsel. Nein, Geiststöpsel. Er drehte sich um. Olya war unerträglich kätzchenhaft und wehrte den Kapitän kichernd und mit winzigen Handbewegungen ab. Sie kreischte, als er sie zu küssen versuchte.
»Du!« schrie Jai. Der Kapitän ließ die Frau los, wurde rot und wütend, lief zu Jai hinüber und versuchte ihm mit beiden Händen das Gewehr zu entreißen, und so standen sie da wie

Ballettpartner, alle beide klammerten sich an das Gewehr und bewegten sich nicht.

»Mister, du behältst, verdammt noch mal, deine verdammten Frechheiten gefälligst für dich!« sagte der Kapitän.

Langsam stemmte Jai einen Fuß rückwärts ein und nahm dem Kapitän das Gewehr aus der Hand. Über dessen Augen schien sich ein Film zu schieben. »Nicht nötig, daß wir kämpfen, Mister«, sagte er. »Absolut nicht nötig.«

Der Kapitän schien es gar nicht zu bemerken, daß er das Gewehr nicht mehr hatte. »Ja, war gut, daß ich daran dachte, herzukommen. Und daß ich gewisse Dinge bemerkt habe. Zivilist, diese Leute da sind Telepathen.« Jai starrte ihn an.

»Aber degeneriert«, fuhr der Kapitän fort. »Viel zu perfekt, weißt du. Und viel zu leicht.« Und er ging zur Türöffnung der Steinhütte, bückte sich und war verschwunden. Jai drehte sich um und sah die durchschnittliche Olya an, die ihn mit dem prüfenden Blick einer alten Managerin musterte, die irgendwo auf der Erde das Familiengeschäft leitete, die Bücher führte und an der Kasse saß, so daß ihr nichts, egal ob Himmel oder Hölle, entgehen konnte.

Hast du das getan? fragte er sie. Ihr Gesicht wurde ein wenig weicher, und in ihren Augen war nur die Spur von des braunen Mannes Humor zu bemerken, jenes geheimen Vergnügens an einem guten Witz, an dem einzigen eigentlich.

»Ach, ich habe ihm doch nur einen winzigen Stoß versetzt«, erklärte Olya unbekümmert. »Er war froh, daß er eine Entschuldigung hatte.« Sie seufzte und zog ein Häufchen der grünen Früchte, dieses Pflanzenkrebses, an sich heran, die sie wie Flachbrot aufzubrechen begann. Er nahm das Gewehr und legte es auf sie an. So blieb er ein paar Augenblicke stehen, beobachtete sie und wunderte sich darüber, daß seine Angst zu Traurigkeit geworden war und daß sie schmerzte. Er wog die Pfeilkapseln in der Hand: Weihnachtsperlen in ein langes Band eingelassen. *Zerstöre sie,* sagte er. Sie verschwanden. »Du hast nur einen Kampf aufgehalten«, sagte er laut. »Dafür sollte ich dir dankbar sein.« *Abgeschlossen für mich, für mich und für immer.* Olya schaute heiter von ihrer Arbeit auf.

»Nicht unbedingt«, antwortete sie pedantisch und unterstrich mit einem Zeigefinger diese Bemerkung.

Er hatte die Hütte verlassen, ehe ihm einfiel, daß er ja gar nicht wußte, wie ein Sedativgewehr zu entladen war.

An den Vormittagen bastelte der Kapitän Testgeräte zusammen und legte sie den Erwachsenen um den Kopf, bis diese sich mit Arbeit entschuldigten. Die Kinder mochten es zuerst gern, wenn ihnen ein paar Stellen am Kopf kahlgeschoren wurden, wo die Elektroden mit einem Heftpflaster angeklebt werden sollten, aber auch sie bekamen es bald satt. Einige verschwanden unter dem Gerät heraus. Der Kapitän, der aus diesen Experimenten keine Ergebnisse erzielt hatte, plante eine neue Serie von Erkundungsstreifzügen, aber er traute der heimischen Ernährung nicht. Eines Tages erschien dann Olya strahlend, um »etwas zu erklären«, und Jai zog sich diskret in den Busch zurück.

Während der ersten beiden Tage fand er es langweilig, weil ihm kein Mensch begegnete. Am dritten Tag wußte er jedoch, daß er beobachtet wurde und begann zu essen, was sich ihm bot — Beeren, Rinde, Gras, Pflanzenwucherungen. Lange Zeit saß er oft nur da, nachmittags schlief er. Etwas führte ihn immer wieder zum See zurück, vielleicht dasselbe, wie die Kinder. Am fünften Tag watete er in das Wasser, schwamm hinaus, tauchte und holte Schilf vom Grund herauf. Er hatte dabei den feinen Schlamm aufgerührt, und kleine und größere Fische schossen heraus und hinein, vielleicht waren es auch Beobachter und Fremde. Er hatte begonnen, mit sich selbst zu reden. Er brachte das Schilf an das Ufer und machte mit der Klinge aus dem *Reisenecessaire für Männer* eine Flöte. Dieses Etui hatte er noch immer in der Tasche. Mit Zähnen und Nägeln zog er das Schilf auseinander und verstreute die Stücke auf einem nassen Felsen; als er dann später nachschaute, war der Fels trocken, aber die Klinge fehlte.

Er versuchte auf der Flöte zu blasen, aber jemand kam und nahm sie ihm weg. Er schlief ein, bekam aber keinen Sonnenbrand.

Am Abend des achten Tages, als sich die Pfade durch die Seewälder im Licht der schrägen Sonnenstrahlen sehr plastisch abhoben, wurde sich Jai Vedh darüber klar, daß er von Leuten umgeben war. Den ganzen Tag über hatte er nichts getan. Auf der anderen Seeseite erschien ein schlanker, nasser Kopf wie der eines Seehundes und zog einen Schwanz von Rippelwellen hinter sich drein. Dann sprang etwas in seinem Gesichtsfeld wie ein ausgelassener Herzschlag, und dann bewegten sich die Leute auf den Hügeln, kamen hinter den Bäumen hervor; die Kinder wateten in das Wasser, und Frauen wanden das Wasser aus ihren Haaren; Paare gingen die Pfade entlang, manche in Trance und einander nicht berührend. Von der Kindergruppe her kam ein lautes, plapperndes Summen, aber sonst war alles still. *Ruhig bleiben*, sagte er zu sich selbst. Wie eine Illustration in einem anthropologischen Lehrbuch steckte eine nackte Frau ihr Haar auf; die kleinen Kinder spielten und stießen einander kreischend in das Wasser; die Paare wandten einander ihre ernsten, unmenschlichen Gesichter zu. Ein Baby wurde rückwärts aus dem See und auf das Land geworfen, wo es sofort zu kriechen begann. Er erinnerte sich daran, daß Telepathen kein Mienenspiel benötigen, kein Stirnrunzeln, kein Blinzeln, keine vielsagenden Seitenblicke, kein Nicken, Winken oder sonstige Zeichen.

Joseph K erschien nackt und wie ein Teufel grinsend vor ihm. »So, dann hast du uns also doch endlich bemerkt«, sagte er triumphierend.

»Ich habe euch angeschlichen«, erklärte Jai voll lässiger Würde. »Wie wilde Tiere.« Joseph K lachte röhrend. »Willst du unser Vertrauen gewinnen?« fragte er, und nun veränderte sich unvermittelt seine Miene. Erst war sie ganz ausdruckslos, dann schlang er seine Arme um Jai und küßte ihn heftig auf beide Wangen. In seinen Augen standen Tränen.

»Willkommen, willkommen, zwanzigmal willkommen«, sagte er.

Und dann war der schwarze Mann plötzlich wieder verschwunden. Jai zitterte in panischer Angst, und kalter Schweiß strömte an ihm herab. Er warf einen Arm über sein Gesicht, als wolle er einen Schlag abwehren. Das Gefühl ging vorüber. Ein Schwall duftender kühler Luft hüllte ihn ein und zog dann wieder ab, hinterließ aber den Hauch eines hauchhaften Eindrucks, den er mit Worten nicht zu beschreiben vermochte. Den See kräuselten gleichmäßige Rippenwellchen. Jemand hatte ihn geliebt, und er war noch immer am Leben. Es war ein Wunder.

Doch er vergaß es.

Morgens ging der Kapitän nun immer auf Forschungstour, und abends kehrte er zurück. Jai beobachtete ihn dabei. Auch schrieb er beim Licht der Ölschüssel in Olyas Hütte; es war ein Tagebuch seiner Entdeckungen, und er schrieb sauber, pedantisch und in abgezirkelten Buchstaben, während hinter ihm kleine

Kinder erschienen und verschwanden; die kühneren tippten ihn auf den Rücken, huschten durch die Kabine wie Fledermäuse oder Geister. Der Kapitän war ein zivilisierter Mann und hatte wenig handschriftliche Übung. Er glaubte nicht an die medizinischen Fähigkeiten einer Frau, die er gesehen hatte, aber er glaubte an Telepathie und Telekinese. Aus irgendwelchen Gründen hielt er jedoch Teleportation für unmöglich.

»Sie sagen, du seist auch fähig, gewisse Dinge zu sehen«, sagte er zu Jai. »Ist das wahr? Nimmst du mental gewisse Dinge auf?«

»Ich weiß es nicht«, antwortete ihm Jai. »Aus Gefühlen und Phantasien läßt sich das kaum schließen und noch schwerer von ihnen unterscheiden. Ich denke schon, aber gleichzeitig denke ich auch nicht.

Es ist vor allem eine Frage der Aufmerksamkeit. Sie sagen, auf die richtige Art. Es ist nicht vererbt. Sie sprechen immer davon, daß man aufmerksam sein müsse. Ich selbst bin der Meinung, es sei eine direkte Wahrnehmung von Masse. Wenn die Masse gleich Energie ist, dann hat das doch alles zu bedeuten. Sie passen exklusiv auf, wie bei der Hypnose. Dann geht man tiefer hinab, wo sich Subjektives und Objektives treffen. Verstehst du, da kann man dann alles tun. Es gibt keine Innen-, keine Außenseite. Die Masse wirkt sich sofort und über eine gewisse Entfernung auf die Raumzeit aus. Das geht alles sofort und auf Entfernung. Das muß man lernen, damit aufwachsen; jeder hilft einem, in richtiger Weise aufzupassen, auch auf die richtigen Dinge. Man muß als Kind damit beginnen. Ich denke, man muß von den richtigen Leuten umgeben sein, denn man muß belehrt werden. Es ist eine Geschicklichkeit, die mit dem Körper zusammenhängt. Mehr als ein bestimmtes Ding kann man nicht tun. Das hat mit körperlichen Grenzen zu tun. Wenn man es genau besieht, dann können sie auch nicht viel mehr tun als wir, nur auf eine andere Art. Aber sie kennen einander.«

»Mister, sie können Leuten ihre eigenen Gedanken ins Gehirn zaubern«, sagte der Kapitän und schrieb dabei weiter.

»Das kannst du auch«, antwortete Jai. »Warum schreibst du in diesem miserablen Licht hier und nicht im Schiff? Um Olyas Gefühle nicht zu verletzen?« Der Kapitän schaute auf. Der Plastikschreibstift zitterte in seinen Fingern.

»Wenn ich will, kann ich das Buch meines Geistes geschlossen halten«, erwiderte er heftig.

»Wie denn? Wenn du doch ein Buch bist?« fragte Jai.

»Vergiß nicht, daß das Radio noch sendet«, erinnerte ihn der andere. »Das darfst du nicht vergessen.« Und er beugte sich wieder über seine Arbeit. Ein Mann mittleren Alters ging quer durch die Hütte und hatte ein kleines Mädchen an der Hand. Beide waren nackt. Sie verschwanden, ehe sie die andere Hüttenwand erreicht hatten.

Leute wie Olya, sagte Jai voll Interesse. *Dieser Platz hier hat angenehme Bedingungen. Ist so eine Art Bahnhof. Ist dir je zu Bewußtsein gekommen, daß diese Leute ja nicht nur dein Äußeres sehen, sondern auch deine inneren Organe? Nun, wie fühlst du dich da?*

Aber der andere Mann war taub. Es war nicht das erste Mal, daß Jai vergessen hatte, seine Gedanken laut auszusprechen.

Von Evne, die er seit Wochen nicht mehr gesehen hatte, erfuhr er etwas über die Existenz einer Bibliothek, und mit Evne ging er auch dorthin. Ja, sie gingen. Sie brauchten einige Wochen dazu. Er verstand es, daß das Land sich verändern mußte, während sie es durchquerten, und wer es wollte, konnte dort Schnee, Kälte, Berge und sogar die See finden. Verließ man die See, ging man zu einer Tür hinaus.

Die Idee der See kam ihm nach einigen Tagen in einem Gelände rollender Hügel, die, wie ihm schien, mit struppigen Stachelbeerbüschen bestanden waren. Er setzte sich und dachte darüber nach. Evne trottete hinter ihm über den federnden Boden, ließ ihre Finger über die Büsche gleiten und führte sie dann zum Mund. Das tat sie immer wieder, und er sah, daß sie aß. Sie hatte ihr Kleid von sich geworfen, als sie sich auf den Weg machten.

Er begann aus dem Sitz mit gekreuzten Beinen aufzustehen, und sie zog kräftig an seinen Händen, rutschte jedoch aus und fiel über ihn. Er zog sie beide auf die Füße. Sie gab ihm von Zeit zu Zeit eine Handvoll Dinge zu essen, weißlichgraue mit einem Pelz, ein wenig zerdrückt, ein bißchen feucht; und sie sah ihm ernsthaft zu, während er sie aß. Aber die Ernsthaftigkeit war keine menschliche Ernsthaftigkeit. Ihr Schädel wölbte sich über der Stirn, ihr Rückgrat verbog sich wie eine Strickleiter; wo jedes selbstbewußte Tier einen Gesichtsausdruck gezeigt hätte, hatte sie eine Trance, eine gespannte Leere, eine Idiotie der

Betrachtung; und ihre Füße waren deformierte Hände, entsetzlich verdickt, die Finger zu Stümpfen degradiert und reduziert. Zwei Tage später packte er sie an den Haaren. »*Rede!*«

Sie schrie vor Angst und begann zu weinen. Sie legte ihren Kopf an seine Brust und schluchzte. Sie legte ihm die Arme um den Hals und streichelte seinen Kopf, seine Schultern, sein Gesicht. Sie küßte sein Hemd; sie weinte untröstlich und bekam einen Schluckauf. Zornig schob sie ihn von sich und stieß nach seinem Fuß. »Halt deinen gottverdammten Mund!« schrie Jai.

Ich weiß — es lief vom Mundwinkel über die Wangenknochen und die Nase zu einem Auge — *wie ... du ... das ... kurieren ... kannst!*

»Halt den Mund!« schrie er und schüttelte sie. »Rede! Rede! Rede!«

»Nein!« kreischte Evne. »Ich kann nicht! Vergessen!« Sie warf sich in die Büsche und in die Heide, rollte darin, riß sich die Haut auf, trommelte mit den Fäusten auf die Knie und schlug — in einem Anfall wiederkehrender Vernunft — den Kopf auf den Boden. Jai fühlte den Schmerz in seinen Schläfen, bis sein Schädel dröhnte. Er schloß die Augen. Ihm fiel ein, daß er vor Jahren einmal gesehen hatte, wie jemand plötzlich und kraftvoll durch die elektrische Verstärkung seiner Gehirnwellen erwachte. Vielleicht, dachte er, war es nicht höflich, in diesem Landesteil so zu sprechen. Vielleicht war das ein Tabu. Vielleicht war das für einen Telepathen sowieso sehr schwierig. Kamen Subjektive und Objektive zusammen, dann konnte sogar das Gras denken, eine riesige Menge von Pflanzengedanken. Er sah vor sich die unendliche Brandung der im Land eingeschlossenen See, die sich lebensvoll aufbäumte und doch von der Masse des Planeten gefesselt war, ein unendlich schwerer Organismus, der dem Land zu und wieder zurück rollte, flüssiger Fels, der im Schlaf klagte.

»Hier gibt es kein Tabu«, sagte eine Stimme neben seinem Ohr. »Es gibt auch keine Höflichkeit. Es ist sehr schwierig. Schau.« Er öffnete die Augen und sah Evne, die errötend neben ihm stand. Sie nahm seinen Arm. Ihre Handfläche war feucht. Sie deutete, und es machte ihr Schwierigkeiten, sah dabei ihre eigene Hand an, um sicher zu sein, daß sie es richtig machte. Das Gras rollte bis zum Horizont, wisperte und wogte federnd um ihre Fußknöchel, verbarg kleine Dinge, die zirpten und raschelten, die sich bewegten; Insekten hüpften einen Moment hoch in die Sonne hinauf, dann zurück in ihre kleine Welt. Der Himmel war blaß und riesig groß. *Wenn man seine Seele hier verliert*, dachte er, *so breitet sie sich zu einem riesigen Fächer aus, in Dunst, der einem aus der Brust kommt. In diesem Land kann man sich ungeheuer dünn auswalzen.*

»Evne«, sagte er, »nimm meine Hand. Ich habe die Absicht, meine Seele zu verlieren, wie du.«

»Auch Pflanzen haben Gedanken«, antwortete sie, »auch die Hügel. Sie denken. Ja, sie denken.«

Der Boden war mit alten Namen bedeckt: süße Heide, Steinkraut; Grünspan auf den Steinen, Weizen, heiße, flache Steine am Mittag. Einmal auch eine geborstene Säule. Die Sonne weckte das alles aus dem Schlaf. Es war heiß und ruhig in den Trögen der Wellentäler, die Gerüche waren stark. Kleine weiße Blüten strömten erstickende Duftwolken aus nach Gesichtspuder, so voll schwerer Süße. Dann kamen sie in die schwitzende Flanke des Hügels, und oben am Kamm nahm ein Luftzug alles weg. Ringe und Spangen am Nachthimmel, die am Morgen ein wenig vibrierten, wie der Nacheindruck einer Seekrankheit. Grünliche Beeren mit weißlichen Fäden und einer Art Bodenkrause, geäderte rote Kugeln. Stöcke und Grasblüten. Wattebäusche um wunde Büsche gewunden. Eine grüne Eidechse huschte davon, weil sie Angst hatte, gegessen zu werden; dann kehrte sie zurück, kletterte über Jais Füße und hinauf zum Knie; klammerte sich dort an, wechselte die Farbe und blies den Kehlsack auf, kletterte herab und huschte davon. Vögel explodierten, ein Stück weit weg aus dem Gras, drei auf einmal, dann bei Sonnenuntergang ein ganzer Schwarm, der an den Himmel ein langes kalligraphisches Wort schrieb. Sehr weit im Süden roch es nach Löwen. Wasser gab es nicht. Manchmal blähten sich die Äste von Büschen und platzten und gaben langsam eine klebrige Welle frei, die in die Hand genommen und ausgegossen werden konnte. Er zog sich aus und befeuchtete seine Brust, die Genitalien, die Achselhöhlen, den Kopf, den Bart. Ein Springinsekt hüpfte in den Himmel, trieb zum Zenit, glitzerte, blitzte und schaukelte lässig, um ins Gras zurückzukehren.

Evne, die wie Evne roch und lächelte, hob ihre Augen zum Himmel. Es war dasselbe Licht, kristallisiert und herumgedreht. Sie schwamm durch den langen Nachmittag, beugte sich über seine Hand, atmete, bewegte sich, schwitzte. Ihr Haar flog und floß, ihre Wimpern hoben sich und fielen lässig zurück. Der Zug vom Kopf zu seinen Füßen, um den Hals herum, seinen abgewinkelten Arm, den Rücken entlang zu den Knien: den Hügel hinauf. Dann den Hügel hinab.

»Biblioteca«, sagte Evne. »Bibliothèque. Schwere. Bücherwürmer.« Plötzlich fiel sie in sich zusammen auf die Knie. Etwas brach unter ihrem Fuß, ein Insekt surrte vorbei. Jais Kopf dröhnte. Er nahm ihre Hände und zog sie in die Höhe. Die lange Säule ihres eigenen Geruches, die hinter ihnen gestanden hatte, wand sich über die Hügel, schlängelte sich hinter ihnen um deren Flanken und verschwand. Ein gleichmäßiger Wind wehte. Unter ihnen lag das Land, das sich selbst wie schwere See gerollt hatte, es floß hinaus in den Sand, in Ebenen, Buschwerk und gelbe Felsen und fiel in der Ferne ab, zu einem Ring aus Steinen. Rote Schatten wuchsen im Sonnenlicht.

»Der Kreis«, sagte Jai.

Der Sand brannte unter ihren Füßen. Evne zog ein Gesicht, wie ein Tier. Jai fröstelte. Er konnte sich nicht mehr daran erinnern, wann er zuletzt seine Kleider ausgezogen hatte. Er glaubte, beide Hände über seine Genitalien decken zu müssen. Vorsichtig wich er aus, denn der nächste Felsbrocken war viel höher als er, aber Evne ging mit schläfrig geschlossenen Augen direkt auf ihn zu, in ihn hinein. Jai griff nach ihrer Schulter und stürzte kopfüber, während Evne herumwirbelte und in einem heftigen Wind um den Felsen stob.

Zauberkreis! rief jemand spöttisch. Verrückte, gefährliche Magie! *Und ich ohne Hosen...*

Er setzte sich. Seine Knie waren voll Staub. Der Boden war aus weißem Marmor, und im Staub waren Fußabdrücke zu sehen. Eine schmucklose Kuppel bildete die Decke, und in den weißen Wänden waren auf halber Höhe Öffnungen. Der Raum sah fast aus wie eine Turnhalle.

Und es gab Regale über Regale, und alle waren mit Büchern gefüllt.

Er nahm eines heraus und entdeckte, daß auch die Regale aus Stein waren, im Boden verankert oder aus ihm gehauen, und daß die Bücher schlaff wie Membranen über seine Hand fielen. Seine Finger ließen auf den Seiten dunkle Male zurück, die langsam verblichen. Das Material schien hitzeempfindlich zu sein. Und vor allem unzerreißbar. Sein Atem schickte einen milchigen Film darüber. Natürlich konnte er das Buch nicht lesen, aber er folgte einer Zeile mit dem Finger, wenn auch vielleicht nicht in der richtigen Richtung. Die Linie wurde zu einer schwarzen Sturmwolke; als ihm das Material zu ungemütlich wurde, legte er das Buch weg.

Leise, satirische Rufe kamen von der anderen Regalseite. Evne war nicht zu sehen, aber ihre Bewegungen waren zu hören. Das nächste Buch raschelte, wie trockenes Laub: geprägtes, goldenes, hauchdünnes Material. Die Blätter konnten nicht einmal abgebogen werden. Er verglich die Buchstaben des zweiten Buches mit denen des ersten und legte das zweite weg. Das dritte und vierte waren ebenfalls auf Metall geprägt, und das fünfte enthielt Zeichnungen, von denen er gar nichts begriff. Buch sechs, sieben und acht waren vom Material des ersten, das er so unangenehm empfand. Das neunte Buch schien eine Kollektion anatomischer Skizzen zu sein; es knarrte, als er es öffnete, und dort, wo er es aufschlug, schien es zu wispern:

Jeder versteht Bilder.

Er antwortete darauf, ganz wahr sei das sicher nicht.

Aber du, zum Beispiel, du... sagte die Stimme schmeichelnd.

Er klappte das Buch zu, öffnete es erneut auf derselben Seite, und wieder flüsterte es: *Jeder versteht Bilder.* Er schlug es zu und klemmte es unter den Arm. Es war eine Maschine. Natürlich hatte es nicht mit Worten so gesprochen. Er prüfte so gut wie möglich den Rest des Regales nach, obwohl viele der Fächer über seinem Kopf lagen, fand aber nichts mehr, was gesprochen hätte oder wie eine Grammatik oder ein Schulbuch aussah. Die metallischen Bücher waren sehr leicht, die membranähnlichen sehr gewichtig. Er begriff nicht, wie man diese hauchdünne Metallfolie so tief gravieren oder prägen konnte.

In einem anderen Regal, ganz nahe dem Boden und der Wand, fiel ihm eine lange Reihe sprechender Bücher in die Hände, eine wahre Flüstergalerie, und jede strahlte verschiedene Grade von Erwartung und Faszination aus, aber eines war immer einfacher als das vorhergehende. Das letzte war ein Kinderbuch. Es sagte:

Oh, du bist aber lieb!
Wir wollen uns vergnügen.
Du kannst dieses Spiel spielen.
Du bist klug.
Ich mag dich gern.

Er nahm soviele mit, wie er tragen konnte, wenn er sich auch nicht vorstellen konnte, wofür sie gut sein mochten. Im letzten Regal waren die Membranbücher aufgehäuft, wie gesammelte Pilze, und da sah er dann die geschlossene Tür in der Mauer; sie war mit einer Stange gesichert, die durch zwei starke Ösen lief, und daneben saß Evne auf dem Boden. Sie hatte die Beine übereinandergeschlagen und las ein Buch, das schlaff wie Wasser zwischen ihren Knöcheln lag.

Er sagte:

Dann sagte er und ließ die Bücher fallen:

Sie beobachtete ihn eindringlich, schien ein wenig zu schrumpfen, hatte aber die Augen im Buch, und ihre Finger hielten den Rand fest. Er schrie. Er machte mit den Händen einen Schalltrichter. Er beugte sich tief hinab und heulte, versuchte das Wort aus sich herauszubrüllen, das seinen Kopf ausfüllte. Von der langen Wanderung. Was ist *eine lange Wanderung?* Alles verlangsamte sich wieder. Evne warf ihr Buch zur Seite und zeigte Angst, doch er ließ es nicht zu. Er drehte ihr den Rücken zu, und da war die Bibliothek mit unendlichen Bücherreihen. Die Sonne schien durch die Fenster herein auf die Sprache, die verschiedenen Sprachen, und auf dem Boden lag Staub; die Wände waren weiß, und da war das gesprochene Wort. Die Regale summten und schwärmten vor Worten. Sogar diese Leute? Wofür denn?

»Technische Sachen«, sagte er, ohne sich umzudrehen. »Für technische Dinge braucht man eben Worte, Evne.« Das Wort wurde aufgenommen und schlug alle Bücher tot, schob die Mauern zurück und tötete die Kuppeldecke; es stellte die Dinge an ihren richtigen Platz. Wie eine Quelle unter dem Sand, so sprudelten die Worte in seinen Geist und versanken dort, hinterließen ein wenig Feuchtigkeit, verschwanden und fluteten erneut heran. Er zwang sich dazu, ein paarmal vor- und rückwärts zu gehen. Er hörte Evne seufzen. Sie hatte sich in den Nebel ihrer Kindheit zurückfallen lassen, und das hatte etwas mit den Büchern zu tun, die sie las, mit den angenehmen Erinnerungen, die sie auffrischte. Sie liebte diese Turnhalle.

Er setzte sich neben sie, und sie blätterte das Buch um. Gleichzeitig hielten sie mühsam für einen Augenblick ihre Welten fest: alles zu wissen und nichts zu sagen, und alles sagen können, aber kein Wort sagen zu brauchen. Sie strömten ineinander, zwei Flüssigkeiten, die sich nicht vermischten. Er legte seinen

Kopf an ihre Schulter und stöhnte vor Müdigkeit. Evne schloß das Buch und ließ ihre Fingerspuren darauf zurück. Sie hob die Brauen; sie sah geängstigt oder überrascht drein. Dann deutete sie auf die Membranenbücher und auf die Metallbücher.

»Diese hier sind gewachsen«, sagte sie, »aber jene geschaffen.«

»Was ist los?« fragte Jai.

Sie stand in einer fließenden Bewegung auf, setzte ihre Füße nebeneinander und ging langsam die Regale entlang. Dabei schwankte sie ein wenig, wie eine Schlange, die auf dem Schwanz zu laufen versucht. Sie sagte »hm« und schaute über die Schulter; und sie lächelte ein mattes, idiotisches Lächeln; sie sah unbehaglich drein, als wolle sie höflich sein. Er folgte ihr und griff nach ihrer Taille, aber sie löste sich höflich von ihm und stieß ihn mit einem Buch in den Magen. Der Stoß verursachte Übelkeit bei ihm.

»Das ist doch alles tote Haut«, sagte er. »Wirf es weg.« Er nahm ihr Handgelenk und hielt es fest, so daß sie die Bücher fallen ließ. Sie lächelte besorgt. Automatisch ging er weiter und drängte sie gegen eines der Regale. Er sprach sehr schnell auf sie ein und biß dazu die Zähne zusammen; er drückte sie in die Bücher hinein und versuchte ein Knie zwischen ihre Beine zu schieben, und noch immer hielt er sie an beiden Handgelenken fest und legte einen Arm vor ihren Hals, so daß sie sich zurückbeugen mußte. Sie wandte ihr Gesicht ab.

Er konnte sie nicht nehmen, ohne sein Gleichgewicht zu gefährden, aber der harte Knoten zwischen seinen Beinen lockerte sich in einer Reihe kleiner Schocks. Er zitterte vor ungelöster Erregung. Evnes Gesicht war rot und unentschlossen, und sie lehnte am Regal und betastete ihren Rücken. Sie ging von ihm weg, und er sah sie zwischen den Bücherregalen verschwinden, erst in ihrem braunen Kleid, und dann erschien sie ihm nackt. Sie sah nachdenklich und schmerzlich berührt aus. Dann blieb sie stehen und schaute zu ihm zurück, ging weiter, schaute wieder um, und ihre Lider senkten sich über ihre Augen.

Erregung und Unbehagen, dachte er. *Wie ein Spiegel.*

»Ich will hinausgehen«, sagte sie mit kleiner Stimme.

Sie häufte Bücher auf ihre Arme, und sie verschwanden; willig hielt sie die Arme auf für weitere Bücher und schickte sie denselben Weg.

»Geh weiter!« sagte Jai Vedh.

Sie öffnete die Tür, ging rückwärts hinaus und verschwand. Er warf einen letzten Blick auf die Turnhalle ihrer Kindheit, auf die Bibliothek, die weiß und staubig war, wie ein Traum von griechischer Architektur, der zur Prosa geworden war; er beugte sich unter dem Türbalken durch und sah, wie die hohen Mauern verschwanden und zu Felsbrocken wurden, und der Marmorboden verwandelte sich in Sand. Der felsige Boden war noch heiß von der Sonne des Tages. Er folgte Evne, die in die grasigen Hügel davonwanderte, und er griff nach ihrem Arm.

»Leg dich hin«, sagte er.

Sie blieb trotzig stehen.

»Ich lasse mich nicht bei lebendigem Leib aufessen«, sagte er. »Ich werde nicht den Rest der Woche mit weichen Knien dahinlaufen, als hätte ich Rachitis. Ich glaube, du bist ebenso irr wie ich, und du bist so geil, daß du dich auch mit einem Ziegenbock abgeben würdest. Leg dich hin.«

Sie schnitt ihm eine Grimasse.

Er wurde wütend, stieß nach ihren Füßen und warf sich auf sie, doch er schützte sich sorgfältig vor ihren Knien. Gelbes Knäuelgras schloß über ihm. Sie lag auf zerdrücktem Gras. Eine neugierige Ameise lief über seine Knöchel und weiter in den Dschungel. *Pflanzen haben Gedanken*, sagte sie, und die Pflanzen nickten, seufzten und verbeugten sich. Eine untergründige Absicht, geboren in den Basaltlagen meilenweit unter ihnen, brach durch in den obersten Rindenbereich des Planeten, flutete in das Gras, durch sie, in ihn hinein. Tränen quollen unter ihren geschlossenen Lidern hervor, und sie wisperte, *hast du denn keine Angst?* Sie küßte ihn, und es war eine sanfte Berührung an der Kinnspitze.

»Das ist doch alles verdammt natürlich«, sagte er. »Ich kann nicht anders.«

Sie bewegte sich geschmeidig unter ihm und ließ ihre Arme um seinen Hals gleiten. *Ich bin so wie du. Ich kam hierher, ganz zufällig, als ich zwei Jahre alt war. Ich bin gefährlich. Hast du keine Angst?*

Ich werde sterben, sagte er, und um seinen Tod und seine Angst hinauszuziehen, streichelte er sie zärtlich, bis der ganze Kontinent unter ihm schwoll und sich um ihn herum schloß, ihn in einen Kokon spann und ihn in die Sümpfe trug. Er hatte entsetzliche Angst, Angst in seinen Händen und Füßen, in seinen Gelenken, in seinem Bauch. Über seinem Kopf hingen Aasgeier. Der Sumpf schloß sich über ihm, er leckte und saugte. Aus seinem eigenen freien Willen heraus tauchte er in ihn hinein, durchpflügte ihn, hämmerte gegen ihn, ruinierte sich selbst, sammelte sich und seine Kräfte, um mit dem Kopf voran in eine Steinmauer zu rennen; er stöhnte vor Schmerz und taumelte daran vorüber, und er krümmte sich auf dem Boden, wurde in seiner Form zu einer Landkarte verzerrt und zu einer Reihe von fernen Explosionen, deren Ton für das menschliche Ohr zu tief war, und seine Zähne ratterten.

Endlich entspannte er sich, aber es war eine leichte, eine weiche Entspannung, *ungefähr so*, dachte er, *als werde ich von Kissen zu Tode gebissen*. Es war nur ein kleiner, sehr netter, sehr genauer Druck, süß und weich und heiß, das angreifende Glied fast gewichtslos. Er fluchte auf sich, auf Evne, auf seinen Penis, der nur das Grabwerkzeug für all den gelockerten Schmutz in seinem Geist war. Er rollte sich herum und schüttelte sich, lachte, versuchte zu weinen. *Du bist ein Narr*, dachte er.

Evne hockte auf ihm und zog ihn an den Ohren. Er lachte wieder.

»Ich bin keine Jungfrau mehr«, sagte er.

»Das war das Repertoire einer Jungfrau!« Sie schnitt eine Grimasse. Ganz im Hintergrund ihres Geistes sah er einen See, dessen Schlamm und Algen zweimal im Jahr sich lösten, an die Oberfläche stiegen und zum Ufer trieben.

»Du sollst nicht moralisieren«, sagte er, und sie zog ihn am Haar.

Sie schob ihre Zunge in sein Ohr und flüsterte: »Ich will es noch einmal tun. Leg dich zurück.«

»Ich kann nicht.«

Du kannst. Weinen Männer denn nie?

Er weinte wie noch nie im Leben und nahm sie noch zweimal.

Dann waren sie verlegen und gingen in einigem Abstand über die Hügel weiter. Er erinnerte sich nur allzu gut, wo er die verschiedenen oder einige der Dinge aus seinem Repertoire gelernt hatte. Der Anstieg war heiß und ungemütlich. Gegen Abend erschienen hohe Zirruswolken, und sie waren wie Wasserdampfstreifen, die von Norden nach Süden gingen und in den Sonnenuntergang reichten. In einer Mulde fanden sie einen schwarzen zwerghaften Dornbaum, der über und über mit grünen Knospen bedeckt war. Sie schmeckten frisch und bitter. Sie schliefen am Fuß des Baumes und drängten sich bis zum Morgengrauen aneinander. Dann kamen Nebel und Regen. Evne folgte ihrer Nase über die Hügel. Sie troff vor Nässe, und ihre Nacktheit wirkte schamlos. Sie erinnerte ihn an eine zivilisierte, nackte Person, die gereinigt wird. Von Zeit zu Zeit legte er versuchsweise seine Arme um sie und knabberte ein wenig an ihr, wo sie glatt und naß war. Dazu schloß sie die Augen und seufzte wohlig. Jeder Busch klingelte, zirpte und nickte. Alles, was sie aßen, trug den Geschmack kalten Wassers. Gegen Mittag wurde der Grund sumpfig, und Jais Haut war schon taub vom Regen, der auf ihn eindrosch. Der Nebel driftete in Schrägen über die Hügel und riß, wenn er davontrieb, Vorhänge auf, und das Gras beugte sich zu Kissen, halb niedergedrückt vom Regen, halb von der eigenen Schwere. Er überredete sie, eine Rast unter einem anderen Zwergbaum einzulegen, der schon fast alle Blätter hatte, aber trotzdem wenig Schutz bot; er hielt sie fest, sprach leise und zärtlich zu ihr, und sie kicherte über den Unsinn, den er redete. Er warf sich förmlich in sie hinein und krallte sich in das nasse Gras, um nicht davonzurutschen. Er vergaß, wer sie war; daß es eine Frau war, die sein Organ zähmte und beherrschte. Das Gesicht einer Frau unter dem seinen. Und er erinnerte sich nicht einmal seines eigenen Namens. Sie schauerte im Regen und hatte eine Gänsehaut, und so rollte er sich von ihr ab, zog sie in die Höhe und schloß sie schützend in die Arme. Ihre Brüste bohrten sich in ihn hinein, ihre Knie stießen an die seinen. Ungeschickt schaukelte sie vor- und rückwärts; sie tanzten, und er murmelte und wußte nicht, was er sagte. Sie sagte: *Jai Vedh, Jai Vedh, Jai Vedh, Jai* ... Er küßte sie auf den Kopf, und in ihren Haaren steckten Grashalme. Er dachte daran, auf einem weiten Umweg nach Hause zu gehen; er dachte an Tage und Nächte und an die vielen Vereinigungen. Durch ihre Augen dachte er, welche Wege sie einschlagen könnten, an die Hügel, die sich in den Sand rippten, in Kieshalden, in feinkiesige Strände, die von riesigen Felsbrocken gepunktet waren. Sie standen im flachen Wasser; an der seewärts gerichteten Seite wuchsen Muscheln; die über der Wasseroberfläche waren offen, die anderen geschlossen. Über unendlichen Ebenen ging die Sonne unter, und sie flammten wie Felder aus Perlmutt; Tang, farbloses Strandgras, tote Tintenfische, Salz, fauliges Holz, der Gestank der Ebbe. Sie liebten einander, wenn der Mond aus der See stieg, und es war ein riesiger Mond, der dreimal so groß war, wie jener der Erde. Das Salz brannte, und es war ein herrlicher, entsetzlicher Schwindel, der ihn erfaßte.

Evne wurde weiß, wurde zu einer Steinfrau.

Vom Nordwesten her kam eine Nachricht, emphatisch, aber unerklärlich, über die Beziehung eines Komplexes zu einem Komplex, und die Information querte den Himmel und verschwand unter dem südöstlichen Horizont.

»Das ist dein Radio«, sagte sie. »Jetzt sind sie gekommen.«

Sie brauchten zwei Tage, bis sie das Dorf erreichten. Ihr Gesicht wurde schwer von der Vielfalt der Botschaften. Am zweiten Tag folgten sie unsichtbaren Querwegen, Biegungen und Kehren. Die alte Überlegung tauchte wieder auf: *Wenn das ein belebter Kompaß ist — wer bewegt ihn dann?*

»Ich denke«, erwiderte Evne mit der Stimme eines Golem. »Ich liebe dich«, krächzte sie. Sie wirbelt herum, läuft in eine andere Richtung; ein lebender Arm fleht ihn an, kriecht seinen Arm entlang in seine Achselhöhle und nestelt sich dort aus Furcht vor der Welt da draußen ein. Wir Zwei, wir Zwei, singen sie. In unbekanntes Land kamen sie, und die Gräben waren mit dichtem Gebüsch angefüllt, mit vielen Holunderbüschen, die, wenn sie vorüberstreiften, gegen ihre Gesichter und Körper schnellten. Evne sprach mit sich selbst in einer Reihe unverständlicher Nasallaute, die wie Luftblasen eines Ertrunkenen aus ihr herausquollen.

»Hab' keine Angst«, sagte sie mit einer Stimme wie schwirrendes Blei und lief in ein Bienennest, aber gestochen wurden sie nicht. Haufen von Schiefer lagen herum, schwarze Beeren wie Tollkirschenperlen glänzten und nickten in den Wäldern; es gab Dinge, die bissen und solche, die kratzten, und viele hatten Dornen. Durch weiches, sumpfiges Gelände floß ein Bach, in den schwankende Ranken hingen. Sie rutschten auf Schiefergeröll, und weißstämmige Bäume sahen wie Geister aus. Es war, wie er glaubte, *Abenteuerland. Hinterhof.*

Einige Meilen vor dem Dorf schoß Evniki aus dem Wald, warf ihnen einen verblüfften, ängstlichen Blick zu und verschwand wie ein abgeschnittener Docht. Sie ließ ihnen den Gedanken an ein langes Haus zurück, an ein sehr langes, fast endloses Steinhaus. Ein kleiner, einjähriger Junge schwebte über dem Pfad und zwischen den Bäumen in der Luft, schnell und glatt, als werde er an einer Schnur gezogen. Er hatte eine Kette aus Perlen um den Hals und spielte versunken mit einigen Kieselsteinen. Als sie so dahingingen, schwebte der Junge schneller mit. Ein Vierzehnjähriger flackerte vor ihnen auf, warf Jais Bart einen bewundernden Blick zu und war verschwunden. Die Golemfrau von Jai Vedh war mit Kratzern, Beulen und getrocknetem Blut bedeckt und lief nicht mehr, sondern taumelte dahin, stöhnte laut und fiel zu Boden. Er hielt ihren Kopf auf seinem Schoß, bis sie sich erholte, denn er wußte nicht, was er sonst hätte tun können.

Er selbst trug mindestens ein Dutzend Verletzungen und Geschwüre an sich herum.

Sie öffnete die Augen. »Oh, mein Gott!« sagte sie mit schwacher Stimme und schloß sie wieder. Er sah, wie sich ihre Wunden schlossen und rosafarbene Bänder neuen Gewebes die Schrunde ersetzten; seine eigenen Schmerzen ließen nach. Jemand tat dasselbe für ihn wie für Evne. Das Gras wurde weicher. Er zog die protestierende Evne auf die Füße. *Du bist genauso schlimm wie deine Tochter* und er sagte auf ihre ungesprochene Frage: »Es ist nur ein kleines Schiff, eine Fähre, das große ist im Orbit.« Er sah hinauf, während er sprach, und sie folgte seinem Blick, doch er sah nichts, als nur die Wipfel der Bäume. Sie hielten einander an den Händen, während sie gingen. Unsichtbar und schwer lag rechts von ihnen der See, und er schaukelte unrhythmisch in seinem lehmigen Bett. Er fühlte ihn wie einen kalten Flecken an seiner rechten Seite. Jemand schoß durch das Wasser und tauchte auf, und erregte Rippenwellchen folgten ihm. Ärger, Sorge und Zweifel, eine Drohung für alle Sinne schlug von vorne her auf ihn ein, von der Fähre im Dorf, die am Ende des Pfades gelandet war, und die Brust schmerzte ihm davon. Fünf Männer waren da und standen auf der verbrannten Lichtung. Unbewußt, unbesorgt, in überlegener stolzer Haltung gingen sie herum und sonnten sich in der Erregung der Kinder, und sie traten auf die tote Asche, als sei sie die Handfläche der Erwachsenengemeinde, die sich plötzlich gegen sie stellen konnte, und sie wußten es gar nicht. Sie gingen herum und lachten, und ihre Organe wurden von gekrümmten Elektrogedankenblitzen umgebildet, versteinert; und sie liefen herum, und diese Dinge stachen aus ihnen heraus. Es war unendlich komisch.

Er teilte für Evne die verbrannten Zweige am Rand der Lichtung und fühlte die Asche, die auf ihre Haut herabregnete. Durch ihre Augen sah er sich selbst verströmen, ausschwitzen und herumgehen, und er gab Atome an die Luft ab. Es kostete ihn Anstrengung, dann durch die Augen der fünf Männer zu schauen; sie waren mit Asche und Schmutz verschmiert, und jeder hatte einen Bart, der unkultivierter aussah, als ein explodierter Heustock.

Das Narrenglück hielt an, als er dem Blick des führenden Mannes begegnete; er sah die fünf irren Uniformen Angst bekommen, und er beobachtete, wie das sympathetische Nervensystem schießt — einer war schneller als die übrigen vier. Die Männer mit den Lähmungsgewehren lächelten schmeichlerisch, und an ihren Augenwinkeln verdichteten sich die Falten. Einer streckte die Hand aus. Jai Vedhs Glück — Anfängerglück — sagte ihm, daß sich der Kapitän in der Fähre befand und schwitzte, weil er weg wollte. Er sank auf die Knie und erzählte den Männern alles. Alle Dörfler innerhalb von zehn Meilen brachten ein *Sieg-Heil* auf ihn aus. Der Mann, der die Hand ausgestreckt hatte, tat einen Schritt vor die anderen, und als sich Jai Vedh aus dieser unverständlichen Paralyse zurückzog, fügte der taube Irre nur noch ein paar Fältchen zu denen in den Augenwinkeln und blieb so stehen, wie ein nervös lächelnder Hund. Dann endlich schüttelte Jai ihm die Hand.

Dich werde ich umbringen, du verdammter Bastard, dich bringe ich um! schrie der Irre voll Angst.

»Sprich doch langsam«, sagte Jai. Hinter ihm produzierte Evne aus den Atomen der Luft ein Kleid und schlüpfte sozusagen mit den Zähnen hinein. In der Lichtung zuckten Blitze männlicher Angst, und dann folgte eine leichte Entspannung. Die fünf Männer vergaßen. Der eine, der Jai die Hand geschüttelt hatte, blinzelte, grinste verständnisvoll, lehnte sich zurück und kreuzte die Arme vor der Brust.

»Nun, du scheinst dich wie ein Eingeborener zu fühlen«, sagte er. »Das ist doch eine Tatsache.«

»Ja, das ist richtig«, antwortete Jai.

»Willkommen«, sagte der Mann.

Zerbombt sie aus der Luft! schrie der Kapitän, der auf den

Knien lag und betete. *Rottet sie aus! Eine Gefahr für anständige Menschen!*
»Es ist schön, wieder zurück zu sein«, sagte Jai.
Da schoß der Mann auf ihn.

III

Das große Schiff war offensichtlich eines jener Dinge aus Metall und Epoxydharzen, die sich selbst produzierten — die Idee Platons von einem Kieselstein, dessen Inneres nach außen gekehrt wurde —, geboren von einem Computer und die Bedingungen der mechanischen Oper anstrebend.

Es war ein großes, kluges, sehr leises Luxuslinienschiff. Jai fühlte eine große Unbekümmertheit von ihm ausgehen, die ihn erschreckte. Er wußte, wie das Lebenserhaltungssystem zu verderben und die Navigation zu stören war, und es war nur seiner Charakterstärke zu verdanken, daß er in den blinden Hallen nicht wahnsinnig wurde. Barfuß lief er auf den Teppichen, die Wände und die Decken entlang und fühlte den langsamen, zischenden Druckausgleich in den Privaträumen. Das große Schiff war — anders als die Frachter, die alles von den äußersten Grenzen heranschleppten — wirtschaftlich, und es war eine immerhin bescheidene Kugel.

Er hatte oft den Wunsch, nach außen zu gelangen, sich an den Rumpf zu klammern, damit der Eitelkeit dieses Dings Genüge getan wurde, weil man es von außen besah. Es war unnatürlich, für keinen Menschen eine so schöne Außenseite zu machen. In den Zwichenräumen seines Unterkiefers spürte er den Druck um ihn herum, die Luft, die massive Fiberschale, das abrupte Hineinschlüpfen in das Nahezunichts, durchschossen mit dem Glühen außerordentlicher, faszinierender Partikel, und niemand konnte etwas dagegen unternehmen.

Er wollte nicht nach Hause. Immer hatte er im Nacken das Gefühl dessen, woher sie gekommen waren. Eines Tages nahm er aus Neugier, sehr sorgfältig und nachdenklich, einem Posten eine Handwaffe weg und griff die Außenwand mit einem Feinstrahl an. Kunstharz verkochte in einem fröhlichen Aufflammen von Molekülen, und die sehr begrenzte Bewußtheit unbelebter Materie fand er reizend und sehr tröstlich. Weit draußen, in so unendlicher Ferne, daß es ihm nicht gelang, Einzelheiten zu erkennen, sah er die nächste raumgekrümmte Sonne. Diese Sicht fiel mit einem verwischten Hitzepunkt zusammen.

Der Mittelpunkt des großen Schiffes waren Wein, Gewürze, Drogen und ähnliche Dinge. Elf Stockwerke unter der Mitte, mit Kisten und Fässern über ihren Köpfen vollgepackt; die Offiziere diskutierten mit einem nüchternen Kapitän den militärischen Nutzen denkender Menschen, die man studieren, kopieren und betrügen konnte. *Wir müssen.*

Es gab Tage, endlose Tage dieses Lebens. Jai schwebte dahin mit dem Kinn auf den Knien und beschoß die Wand in einem unregelmäßigen Kreis. Die Luft wurde infolge der Hitze in seinem Abteil bewegter. Viele Stockwerke unter oder über ihm sagte der Kapitän: »Mir hat es dort gar nicht gefallen. Es liegt nicht in meiner Natur. Ist das denn meine Schuld? Nein, das ist nicht natürlich!«

Dann fand die Luft mit einem unüberhörbaren Pfeifen eine winzige Öffnung im Kreis und strömte nach außen und kühlte sich fast sofort bis zur Erstarrung ab. Jais Ohren schmerzten. Er konzentrierte sich darauf, die Luft um sich herum festzuhalten. Und er schoß weiter. Mit geschlossenen Augen sah er die heftige Materieübertragung vom Schiffsinnern nach außen, und der zerrissene Kreis segelte mit majestätischer Langsamkeit hinaus ins Nichts.

Wie aus einer unendlichen Ferne unter oder über ihm sah er ein Krümel, der von der Oberfläche einer winzigen Spielzeugkugel geworfen wurde, ein Dampfwölkchen, das ausssah, wie die Explosion einer winzigen Bombe; vor vielen Jahren hatte er zusammen mit seiner Schwester ein Spiel gespielt, das »Zerstörung« hieß, und die Welt war eine Kugel von zwei Fuß Durchmesser; und man mußte winzigste Bömbchen werfen. Ein ziemlich hysterischer Erwachsenenwitz, nicht wahr? Die Luft wollte gar nicht alle den gleichen Weg gehen. Hier im Außenraum wir die Materie ziemlich eigenwillig.

Jai riß sich zu einer fatalen Haltung zusammen und riß alle Hitze und alle Luft an sich, die er festhalten konnte. Er war barfuß und fast nackt, und er tastete nach den Linien und Richtungen, die sich am Schiff vorbei verdrehten und verwirrten, Linien und Richtungen, die sich dort zusammenklumpten, wo er hinzugehen wünschte. Alles, dachte er, müsse sich in Linien verwandeln, selbst die Luftmoleküle, denn alles ließ sich in Linien ausdrücken, selbst das große Schiff; auch Hügel und Täler, so als spiele jemand mit einem Gänsekiel auf einer Schreibtafel. Es gab Linien auf Linien, und er konnte sie nicht unterscheiden. Sie schärften sich auf seiner Haut und schossen davon. Verwirrt, ein wenig fröstelnd und im Gefühl, er könnte vielleicht ersticken, holte er sich die schwerste, die steilste heraus und hielt sie instinktmäßig fest, ehe er den zentralen Knoten durchschlug. Als er die Augen öffnete, fand er sich im Raum zwischen zwei riesigen Plastiktanks mit getrocknetem Wein, die langsam über oder unter ihm herumtorkelten — oder auch nicht — in ihrem eisigen, luftlosen Frachtraum. Diesmal fand er es nicht leicht, sich zu konzentrieren, denn hier gab es keine Linien oder dergleichen; alles war zu massiv, und es gab keine Möglichkeit, hier herauszukommen. Weit, sehr weit über ihm redeten die Offiziere, und ein ganzes Stück weiter war das Schiff zu Ende. Vage fühlte er den plötzlichen Abfall von der Atmosphäre ins Nichts. Er kniff wieder die Augen zu, und nun drohte er tatsächlich zu ersticken. Irgendwo hier in der Nähe gab es ein Sicherheits- oder Rettungsgerät; wenn er es finden könnte...

um Luft zu bekommen, ohne in eine Wand oder in Wasser zu geraten...

Am sichersten wäre es vielleicht, direkt unter dem Schiffsrumpf zu suchen. Er konzentrierte sich so wie damals, als er dem Posten die Waffe wegzauberte. Nichts geschah. *Nicht weit genug den Baum hinab*, dachte er. *Keine panische Angst.* Der Luftmangel ließ seine körperlichen Sinne verdämmern, und er griff wieder aus nach den Linien, diesmal nach einer Kurve. Aber er fiel — *hinab in einen Schwerebrunnen, in die Tanks*, dachte er —, wurde von unten kräftig angeschoben und blieb nach einer plötzlichen Wendung an etwas hängen, von dem jemand gesagt hatte, es sei eine Wand. Die sensorische Seite seines Körpers schlängelte sich daran entlang, auf und ab, wie ein gestrandeter Fisch. Er trieb nach oben; die Wärme machte ihn neugierig, auch der Geruch und die sanfte Weichheit; er klebte ein wenig an den Umrissen über ihm und schoß durch die Oberfläche; seine Beine landeten auf irgendeinem Bett, und seine Arme klammerten sich an den Gepäckbehälter, der mit einem magnetischen Schloß an der Wand befestigt war. Der Raum war rosa. Er keuchte noch immer, segnete den Sauerstoff, und der Gepäckbehälter drückte sich langsam gegen seine Brust. Das große Schiff schien zu trudeln. Wäre er jetzt noch im Laderaum gewesen, so wäre er entweder jetzt erstickt oder zerquetscht worden.

Was hätte das schon ausgemacht? *Das kann keine Teleportation sein*, dachte er, *denn es ist zu verdammt langsam. Mindestens zwei Minuten. Das reicht, um außer Atem zu kommen.*

»Sonntagsfahrer«, sagte jemand hinter ihm. Er drehte sich um. Es war ein Mann mittleren Alters, groß, dick und kahlköpfig, und er zog den vorderen Reißverschluß eines Coveralls aus Brokat zu. Das Fleisch war wabbelig und schlug mächtige Falten, und zwischen den Zähnen hielt er eine von Jai Vedhs Zigaretten in einer edelsteinbesetzten Zigarettenspitze, die wieder einem anderen gehörte. Er hob die Hände hoch, an denen viele Ringe funkelten. »Auch Juwelen«, sagte er. »Verrückt!« fügte er hinzu und machte Glotzaugen. Er stieß Jais Oberkörper auf das Bett. Infrarote Lichter in der gekrümmten Wand schalteten sich ein. »Baby«, sagte der Mann, »wenn du menschlichen Samen an der Dichte von einem Sternenfischsamen unterscheiden kannst, nur an der Dichte und an sonst nichts, kannst du ja das noch einmal probieren. Bis dahin läßt du aber die Finger davon, verstanden?« Er grinste breit und beantwortete Jais unausgesprochenen Gedanken damit, daß er von seinem Gesicht eine dünne, dehnbare, farbige Maske – Zigarettenhalter und alles – zog, und unter ihr kam genau dasselbe Gesicht – mit Zigarettenhalter und allem – zum Vorschein. Er begann eine zweite Maske abzuziehen, als Evne hinter ihm erschien und ihn unfreundlich in den Rücken stieß. »Zieh dir deine Gesichter über und geh nach Hause«, sagte sie.

»Barbarisch nackt«, sagte der andere. »An diesem zivilisierten Ort, du Hure.«

»Verschwinde!« sagte Evne und schob ihn zur Wand, wo er verschwand. »Du Witzbold!« schrie sie ihm nach. »Kann nicht mal einen Visualtyp von einem Schwachkopf unterscheiden! Verschwinde!«

Ein Visualtyp ist eine Augenperson. Es ist nicht so, als seist du noch einer, aber es war eine gute Beleidigung. Ha, und laut! Die zählen nämlich. Weißt du, er hat dir das Leben gerettet. Er hatte gerade Dienst.

»Ich weiß, aber ich habe ... ein scharfes ... intellektuelles Bedauern«, keuchte Jai, so laut es ihm gelang. »Wie kommst du hierher?« fügte er verblüfft hinzu. Sie kniff ein Auge zusammen.

Wenn ich sage, im Dienst – gefragt hast du ja nicht danach –, dann meine ich eine kleine Gruppe von Freunden und Bekannten. Aber den kann ich nicht ausstehen.

Und wie ich hergekommen bin? fuhr sie fort. Nun, weil mich elftausend Leute anschoben ...

Zuerst probierte sie alle Kleider im Kleiderschrank an, und dann verlangte sie, er solle sie lieben. Sie lag mit Jai auf dem Bett, lockte ihn und küßte »seine Frostbeule«, während er ihr von des Kapitäns täglicher Konversation zu erzählen versuchte. Sie lachte nur.

Für ihn war es ja ein wenig schwierig, in dieser sterilen Umgebung bei so merkwürdigen Leuten zärtlich zu werden, denn blitzhaft drangen deren Gedankenfetzen immer wieder in den Raum; für sie war es vielleicht noch schwieriger, vielleicht sogar unmöglich, denn die moderne Persönlichkeit seines Bewohners klebte förmlich an allen Wänden, und den erforderlichen Eifer wagte er in diesem Bett nicht zu entwickeln. Der Gepäckbehälter tat ein übriges: Er setzte sich schwitzend auf, und Evne zog sich mit einem scheuen, entsetzten, unkontrollierbaren Lächeln von ihm zurück. Sie tat einen Satz in den Schrank hinein. Er fühlte, wie sie leise und unablässig innen zwischen den Dingen herumstieg. Er drückte die Handflächen gegen die Schiebetür, um ihrer Haut näher zu sein, dann auch seinen ganzen Körper. *Evne, komm heraus,* sagte er. *Komm doch heraus!* Und er küßte dazu die Schiebetür.

Hier gefällt es mir nicht — eine geisterhafte Ausstrahlung hinter den Kleidern.

Wenn du eine Botschafterin bist, sagte Jai ganz vernünftig, *dann mußt du herauskommen, ob du nun willst oder nicht.*

Ich bin ein Opfer.

»Evne«, flüsterte er, »der Besitzer kommt.« Als das Schiff seine vorberechnete Position erreichte, wurde es vernichtet und im gleichen Moment wiedergeschaffen; es streckte sich entlang seiner Achse zu einem Drei- bis Viertausendfachen seiner ursprünglichen Länge, und die Querachse schrumpfte zu einem Nichts, doch das war nur und reine Mechanik und interessierte Evne daher nicht. Und von weit weg, jedoch immer näher kommend, tappte jemand durch die Korridore des Schiffes, nahm einen Lift, schwamm ein wenig, tat dies und jenes: es war der starke Besitzanspruch auf diesen einen, ganz bestimmten

Raum. Sie hatte milchblaue Augen, kurz gestutztes Strohhaar, einen Fleischermantel und Sandalen mit Nägeln. Und riesige Brüste, zwei dicke, gewaltige Kugeln aus Silikongallerte, enorme Gesäßbacken, eine falsche, zusammengeschnürte Taille, gefärbte Augen, gefärbtes Haar und keinen Uterus. Jai zwang sich zur Konzentration auf ihre unveränderten Körperteile, die sich über den Rest lagerten, auf die perligen Organe, die ihre Lungen, ihren Bauch wie Knospen umgaben, auf die vielfach durchbrochenen Fleischpartien, die wiederholte chirurgische Eingriffe anzeigten, und stellte fest, daß noch eine Kleinigkeit der normalen Zirkulation vorhanden war. Man hätte sie als ein böse zugerichtetes Unfallopfer nehmen können.

Evne kam aus dem Schrank heraus. »Was, soll das ein Kleid sein?« Sie war unter einem Wasserfall von Jetperlen verschwunden, die von ihrem Kopf aus ihren ganzen Körper einhüllten, ihre Arme und ihre Beine, und sie trat immer wieder auf die Enden der Perlschnüre. »Wie wollen die da sehen?« fragte sie.

»Das tun sie nicht«, antwortete Jai Zwei. »Man streckt die Arme heraus und läßt sich führen.« *Das wurde ja alles noch viel schlimmer, seit ich ging,* sagte Jai Eins erschüttert. Evne schickte einen Suchstrahl in den Korridor hinaus und erstarrte. Jai Eins und Jai Zwei umarmten sie und sogen als Trost ihren Duft ein. Der Besitzer des Raumes war nun nahe genug, und er verursachte ihm Übelkeit. Oder sie. Ihre Sandalennägel bohrten mikroskopisch feine Löcher in den Korridorbelag. Wahrscheinlich dienten die Nägel dem bessern Festhalten bei sehr niedriger Schwerkraft. Vor der Tür blieb die Besitzerin stehen und legte zur Identifizierung die Handflächen an die Tür. Unter jeder Brust hatte sie künstlich verstärkte Gewebebänder eingepflanzt, welche die Silikonkugel stützen sollten.

»Von den guten Dingen darf man nie zuviel haben«, sagte Jai.

Da erbrach sich Evne.

Im Raum befand sich ein Vakuum-Ultrasonikreiniger, in den er ihren Kopf hielt, und dann hob er sie ohne Kleider auf das Bett. Er legte sich neben sie und schaute über ihren Kopf zur Tür. *Evne flucht und wütet,* sagte er. Sie gab einen lauten und elenden Laut von sich. Die Schiebetür öffnete sich, und Jai legte einen schützenden Arm um Evne, so daß er sich der Besitzerin des Raumes als die nackte Hälfte eines nackten Paares darbot. Ihm schien, er habe vorher nie einen der anderen Passagiere des Schiffes gesehen. Er war ihnen allen aus dem Weg gegangen, hatte sich lieber zu den merkwürdigsten Zeiten an den merkwürdigsten Orten aufgehalten. Ihm hatte nie etwas daran gelegen, den anderen zu begegnen.

Die Frau mit den gebleichten Augen trat in den Raum, und ihre enormen Brüste schob sie wie Puffer vor sich her. Sie zog hinter sich die Schiebetür zu und ging zum Bett; eine Hand legte sie auf Evnes Körper, die andere auf Jais Genitalien.

»Macht doch weiter! Warum macht ihr nicht weiter?« fragte sie. Jai beschloß, gar nichts zu tun. Sie lächelte sie ermutigend an, auch ein wenig freundlicher, weil Leute in ihrem Raum waren. Neben dem Gepäckbehälter war in der Wand ein Automatenschlitz. Dort hinein schob sie ihre Hände und zog sie mit Ringen bedeckt zurück, mit sehr komplizierten Ringen, die ihm aber nicht dauerhaft erschienen. Sie griff wieder hinein und zog noch weitere Sachen heraus: Halsketten, Armreife, Zehenringe, Ohrclips, Fingernägelschilde, Nasenringe, vergoldete Liddeckel, Edelsteine, die an ihrer Haut klebten. Sie zog ihr Kleid aus und befestigte Edelsteine an ihren Brustwarzen. Sie kicherte. »Ha, Klubmitglieder!« Jai sah sie entgeistert an. Ihre Hände waren sehr klein und häßlich, sie zog aus der Wand einen geschickt gearbeiteten Sitz, der einem Fahrradsattel glich und mit einem Dschungel aus Metallröhren eingefaßt war. In der Mitte des Sitzes befand sich ein Horn. Vorsichtig ließ sie sich darauf nieder, bis es paßte.

»Macht doch wieder weiter«, sagte sie mit ihrer kleinen schrillen Stimme. Was war mit ihren Stimmbändern geschehen? »Es ist doch spontan, nicht wahr?« Sie beugte sich vorwärts und legte ihr Kinn auf das Rahmenwerk. »Und es ist doch echt? Ihr seid nicht implantiert? Ihr wollt es also tun, nicht wahr?«

»Wir benutzen Drogen«, sagte Jai aus einer plötzlichen Erinnerung an längst vergangene Zeiten heraus. Er glaubte schon, er habe dies alles vergessen gehabt. Das Gesicht der Frau umwölkte sich. »Oh, das ist aber schade«, sagte sie und fummelte an etwas hinter ihrem Ohr herum. Ein Kontrollinstrument? dachte Jai. Sie schien sehr enttäuscht zu sein. »Es ist so nett, einmal Besuch zu haben«, sagte sie schließlich. »Danke sehr. Bitte, fangt jetzt an. Ihr dürft mir glauben, daß ich euch die ganze Zeit gut beobachtete, weil meine Augenreflexe verändert wurden. Da gibt es keine Schwierigkeiten. Schlag sie, bitte.« Sie legte ihre kleine, häßliche Hand auf einen Hebel im Rahmenwerk und lächelte trotz ihrer Enttäuschung höflich. Sie begann sich schwer gegen das Gewirr aus Metallröhren zu lehnen, ernst, entschlossen und resigniert. Sie arbeitete hart. Ihr Gesicht war wie erstarrt, aber lachen durfte man darüber nicht.

Evne saß aufrecht auf dem Bett und schaute ihr ziemlich verächtlich zu. Die heroischen Übungen trugen die Dame des Hauses auf und nieder, wenn auch mit wenig Erfolg. »Macht doch endlich vorwärts!« schrie sie ungeduldig. »Worauf wartet ihr noch?« Evne zog die Knie ans Kinn und schaute ihr zu. »Schau mich um Himmels willen nicht so an!« fauchte die Dame. »*Ich* soll doch *euch* zuschauen, oder nicht?« Aber ein Phantommann, fast nur die Idee eines schönen, gesichtslosen Mannes, formte sich auf dem Übungsrad, ersetzte es, empfing sie, umfing sie, liebte sie, wisperte, schmeichelte und biß...

»Heute arbeitet das Ding nicht richtig«, bemerkte die Frau besorgt. Es war komisch. »Das paßt mir nicht. Es wird eure Schuld sein.«

Evne schlang die Arme um die Knie. *Das könnte ein richtiger Mann sein*, sagte sie, und Jai sah oder glaubte zu sehen, wie der rauchartige Körper allmählich Züge annahm. Der Sattel stieß zu, zog sich zurück, stieß erneut zu. Die Frau versteifte sich und kniff die Knie zusammen.

Das war echt, es war ein echter Gedanke. Es war in ihrem Kopf. Sie konnte nicht an sich selbst denken, nur an einen Mann, nicht an ihren eigenen Körper, an ihre reizende Zwillingsschwester, nur an einen Mann, der Haut, Knochen, Zähne, Finger, ein Gehirn und einen Penis hatte, dessen Lungen Luft in ihre eigenen hauchten.

Am schlimmsten war, daß er ein Gesicht haben würde.

Sie heißt Mrs. Robins, sagte Evne. *Kannst du dir das vorstellen? Sie hat einen Namen!*

Du lasterhafte Provinzhure! schrie Jai und tauchte nach ihr durch die Linien, die durch das ganze Schiff schwärmten.

Noch schlimmer, daß er einen Geist haben würde...

Aus großer Ferne hörte Jai Mrs. Robins kreischen.

Er sagte ihr, sie solle Mrs. Robins' Geist beruhigen. Er stritt mit ihr, zog sie an den Haaren; Evne war wie eine Frau aus Salz, floh als Metallkristall in die Wände, wohin er ihr als Biene — nur Augen — folgte, als Brunnen — nur Mund —, wickelte sie um ihre eigenen Knochen von innen nach außen, breitete sich ein Molekül dick über alle Linien des Schiffes: zwei davon pulsten meilenweit entfernt, atmeten mit den Lungen unneugieriger Fremder, sahen durch die Augen anderer, versteinerten in Blitzen, verfolgten einander in den Umrissen von Wänden, Böden und Räumen, die Luft enthielten. Immer folgte er ihr.

Evne lag mit dem Gesicht nach unten in einem luftleeren Raum und schluchzte. Sie war rund wie ein Guckloch.

Sie verdrehte seine kleinen Finger, hockte auf seinem Kopf, kreischte, als er sie schlug, rannte auf Glasfüßen von ihm weg, und in den Glasfüßen sah er das erschreckte Zucken ihrer Organe.

Sie umgab und biß ihn, ein Sternblümchen mit einem einzigen Magen-Auge. Mit Armen, die zu Wolken geworden waren, griff Jai nach einer Wolkenfrau, um sie zu schlagen, blähte sich jedoch wie ein Kissen in ihr, und seine Stirn wurde zu einer länglichen Wölbung, sein Körper furchte sich mit windverblasenen Räumen, seine Glieder weinten Regen. *Das ist also ein Streit*, seufzte er in Evnes geducktes, höhlenartiges Ohr und hielt sie noch fest, als sie sich schon in einen See aus blauer Luft auflöste, um sich dann in einen trockenen Wüstenwind zu verwandeln.

In weiter Ferne erschauerte Mrs. Robins wohlig und zufrieden, um dann einzudösen.

Sie saßen auf dem Korridorteppich von unten nach oben, seitlich hingen zwischen Decke und Wand; die Drehbewegung, das Trudeln war vorbei.

Ich will mich wegen einer anderen Frau nicht noch einmal in Wut bringen lassen, sagte Evne. *Ich will auch nicht bei diesen Leuten leben. Nicht einmal denken will ich an sie als Menschen. Und auf dich will ich nicht hören. Ich gehe nach Hause. Gott hat diese Leute am achten Tag aus Abfall erschaffen.*

Du glaubst ja gar nicht an Gott, sagte Jai und las ihre Gedanken, welche die Gedanken einer Schwanenprinzessin waren, als der Fischer auf ihren Kleidern stand. »Hab' keine Angst«, fügte er laut hinzu. »Und sei nicht so verrückt.« Das Schiff hatte noch drei Wochen bis zu seinem Bestimmungsort, erreichte seine Koordinaten, wurde sofort zerstört und im gleichen Moment neu geschaffen; es zog sich zu seiner eigenen Größe zusammen und nahm die Drehbewegung wieder auf. Langsam rutschten sie die Wand entlang. Närrische Evne, denn sie entwickelte, als sie fiel, eine lederige Haut und Seesternstacheln; ihr Gehirn hungerte, ihre Finger wurden starr. Sie spann Nahrung aus dem harten Vakuum, wie das Mädchen im Märchen aus dem Nichts Gold spann. Weit vor ihnen öffnete sich auf den gebogenen Korridor eine Tür, und durch die Tür kamen sechs stupide Leute: fünf Männer und eine Frau mit einem Notizbuch. Auf der äußersten Rumpfhülle des Schiffes töteten sich merkwürdige Partikel in einem großartigen Lichtblitz. Einer dieser blinden, tauben, betäubten, gefühllosen, herumwandernden Leichen schrie voll falscher Herzlichkeit: »Ah, da seid ihr ja!« Und die Leiche zog eine Sedativpistole.

Evne zog eine richtige Schau ab und spielte ohnmächtig.

Er wurde einen Korridor entlanggezogen, täuschte eine Viertelmeile lang Bewußtlosigkeit vor und genoß den Luxus seiner Lage. Wenn es das war, was sie wollten, dann bekamen sie es auch: sein Bart kratzte über den Boden, seine Augen verdrehten sich, achtzig Kilo Blei und ein Verräter — ein grimmiges Geschäft. Zwischen ihnen und ihren Kleidern lag eine dicke, interessante Schicht Schweiß. Er wurde wie ein römischer Kaiser in ein Laken gewickelt und in einen Sitz des Schiffslazaretts geschnallt, in dem er schlaff herumhing. Evne lag horizontal unter einem Spray Drogennebels: sie war nun ganz hinüber. Auch die sechs stirnrunzelnden Gegenstände standen im Raum, das heißt, fünf standen, die Dame mit dem Notizbuch saß.

Ein weiter Weg zu gehen, dachte er. *Erst lernst du Biologie begreifen, dann verstehst du Stimmung, danach Erwartungen, endlich Absichten und schließlich Ideen.* Vielleicht waren aber richtige, abstrakte Ideen ebenso wie Zahlen jenseits aller Erfaßbarkeit. Evne sagte nein. Er spielte Aufwachen, und sofort gab ihm einer der Medikoffiziere eine Sprayinjektion durch die Haut in den Nacken, und sie drang in die Arterie ein, ehe er den größten Teil der Droge loszuwerden vermochte. Er wurde richtiggehend benommen, direkt im Gehirn. Hatte er je . . . ? Ja, einmal. Er hatte Angst vor Drogen, aber einmal hatte er ein Wahrheitsserum benutzt.

»Hebt das sofort wieder auf«, sagte er mit dicker Stimme, »oder ich mache Mattscheibe.« Die sechs Objekte waren erschüttert. Evne lag in ihrem Luftkäfig und sang wie Danae, so hoch und schrill wie mit der Wahrheitsdroge. Er sah ihre Zehen, die unter dem Aerosol herausragten. Sie atmete gierig ein und aus. Er fiel vorwärts und wünschte, ihren Geist so gut zu verstehen, wie er sie sah und hoffte, sie würden ihm erst dann Fragen stellen, wenn er richtig hinüber war, bis das aus unzusammenhängenden Lauten bestehende Gemurmel von der Droge langsam aufgeschluckt wurde. Etwas brachte ihn schlagartig zum Erwachen: ein Mediktechniker entfernte sich von ihm. In seiner Armbeuge fühlte er einen Stich. Wahrheitsdroge? Wirklichkeitsserum? Beruhigungs- oder Aufputschmittel? Er fühlte nichts Ungewöhnliches.

»Wie heißt du?« fragte jemand Evne.

»Hab' keinen Namen, und du bist ein Affe«, sang Evne.

»Wo lebst du sonst?«

»Hier, wie du siehst«, und sie begann mit den Fingern im Takt von *Celeste Aida* zu schnippen, das vier Meilen weiter im Swimming-pool gespielt wurde.

»Sie ist Telepathin«, sagte Jai, »macht Levitation, Teleportation, und sie leben irgendwo. Mensch, sei doch ein bißchen vernünftig.« Er wandte sich nicht persönlich an den einen, denn er konnte sie gut auseinanderhalten. aber er fand, das sei ganz überflüssig.

»Beschreib euer gesellschaftliches System. In Galactica.«

Sie schwieg, und sie hörte auf, mit den Fingern zu schnippen. Dann schloß sie die Augen. Endlich sagte sie, und es fiel ihr sichtlich schwer: »Nur ... viele ... Menschen ...«

»Familien?«

»Nein, keine Familien.«

»Berufe?«

»Nein, keine Berufe.«

»Besondere Erbeigenheiten?«

»Nein, keine besonderen Erbeigenheiten.«

»Rangunterschiede?«

»Nein, keine Ränge.«

»Welchen Rang hast du?«

»Keinen Rang.«

»Aus welcher Familie kommst du?«

»Keine Familie, nein.«

»Welchen Beruf hast du?«

»Keinen Beruf.«

»Wo bist du jetzt?«

»Drei Punkt Null-sechs-vier-acht-fünf-null-neun-zwei auf und ab, zwei-sieben-null-links-rechts, drei-drei-drei-drei-vor-zurück«, leierte Evne wie ein Papagei herunter. »Kommandierender Offizier an Kontrollraum. Kontrollraum an kommandierenden Offizier. Kommandierender Offizier an . . .«

»Aufhören! Lügst du?«

»Nein.«

»Ist es schwierig, deine Gedanken Galactica zu übertragen?«

»Nein.«

»Ist es leicht?«

»Nein.«

»Liegt es zwischen leicht und schwierig?«

»Nein.«

»Was ist es dann?« fragte ein anderer.

»Unmöglich.« Evne öffnete die Augen. »Wie soll ich denken können, wenn all dieser Mist in meinem Kopf ist?«

Dann fügte sie hinzu: »Wahrheitsdroge, Wirklichkeitssinn, Ausgeglichenheit, Ruhe, Geistesblitz, Allsex, Unwirklichkeit, Erinnerung, Kaktus, Ausdehnung, Farben, Kokon, mir tut Mrs. Robins leid«, und damit reinigte sie ihren Geist und unterbrach die Verbindung der Tanks hinter der Wand in ihrem Rücken. Sie setzte sich auf und wartete, bis sich das Aerosol verzog.

»Ich erzähle euch alles, was ihr wissen wollt«, sagte sie dann. »Ich bin Ärztin, eine Genetik-Chirurgin. Ich wurde auf euer Schiff gebracht, bevor ihr zu weit weg wart. Elftausend Leute waren dazu nötig. Galactica ist eine lausige Sprache.« Sie wartete, aber niemand sagte etwas darauf.«

»Ich bin bereit, alles zu erklären«, fuhr sie mit einem Seufzer fort, »auch alle Tests zu durchlaufen, die ihr mit mir machen wollt. Ich bin aus Neugier und zu einem Besuch gekommen. Und zu einer Heilung.«

»Heilung?« flüsterte jemand im Raum.

»Klar«, antwortete sie. »Ich bin ja auch Sozialwissenschaftlerin, nicht wahr? Viel zuviele Leute, auch vor vierhundert Jahren. Ihr importiert Mikrobiota, Nitrogenfixer, Lebensmittel, Phosphor, Metalle, Energie. Viel zuviele Leute. Ihr eßt Pilze, Bakterien, Hefen, und euer Organismus gibt euch kein O_2. Und euer Wasser verschwindet irgendwohin unter die Erdkruste, und das ganze Oberflächenwasser ist salzhaltig. Ihr verliert allen Phosphor. Bald blühen keine großen Blumen mehr. Alles wird sich klein fortpflanzen. Ja? Sehr schlechtes Wetter und kein Geld für Wetterkorrekturen. Ihr exportiert den Wahnsinn. Bald wird alles in die Luft geblasen. Ihr exportiert gesellschaftliche Strukturen, Krankheiten, Drogen, hübsche Kleider, Sterilität, Kunst, Homosexualität, Visionen, Kastration, Mrs. Robins. Viel zuviele Leute, noch immer zuviele. Das Entsetzen einer sich immer mehr zusammenziehenden Wirtschaft. Jeder ist ständig gereizt. Bald wird alles in die Luft gehen. Sehr bald.«

Einer der Medikoffiziere hob die Hand, um seine Stirn vor diesem Anprall zu schützen.

»Man muß keine Gedanken lesen können, um dies alles zu sehen«, sagte Evne liebenswürdig. »Nein, Gedanken kann ich nicht lesen. Oder nur dann, wenn ich mich ganz ungeheuer konzentriere.«

Und das war selbstverständlich eine ganz entsetzliche Lüge...

Von nun an aß Evne mit der ersten Schicht — dazu trug sie sogar Kleider — und am Tisch des Schiffskommandanten. Überall waren Gucklöcher, Spione und Bullaugen. Jai sah sie natürlich in den Windharfen, in den liegenden Kühen, den Delphinen, hörte das Lautsprecher-Bienengesumm und all das sentimentale Naturzeug, das einen Tisch gegen den nächsten und die Galerie abschirmte. Die Glasböden der Galerien reichten fast bis zum Dach der Kuppel, waren ordinär, übersteigert, unerträglich vollgestopft und absolut überholt. Im Mittelraum hing ein Lebensbaum, und seine Wurzeln trieben durch eine glasige Nährlösungsmembrane. Jai aß zweimal mit den anderen und kehrte dann zu seiner früheren Zelle zurück.

»Ich mag dich nicht«, sagte Evne liebenswürdig. »Ich will dich nie wieder sehen. Du bist viel zu düster.« Dazu lächelte sie.

»Leb wohl«, antwortete er und verließ den Tisch. *Lügnerin.*

Er dachte an Mord, an Selbstmord, und eine fürchterliche Müdigkeit überkam ihn. Eine Aura umgab ihn. Er staunte, als er sich selbst so schön und so stark sah. Er war allein in seiner Zelle und sagte laut: »Du *bist* eine Lügnerin!«

Bleib bei mir, bat Evne, denn ihre Geister waren mit brüchigen Netzen verbunden, und etwas fiel in Stücke. *All dies ist unerträglich.*

»Warum bist du mitgekommen?« fragte Jai leise und vorsichtig. »Bist du Sozialwissenschaftlerin? War denn das alles wahr?«

Ich kann es dir nicht sagen, kam langsam die Antwort, aber gleichzeitig sagte sie zu dem verblüfften Kommandanten: »Es gibt nur vier Elemente: Erde, Luft, Feuer und Wasser. Das ist die Ansicht der Wissenschaftler.«

Sie war der privilegierte Papagei, er die Datenbank. Er blieb in seinem Raum, hatte die Wandmalereien ausgeschaltet und sie pickte an seinem Gehirn. Er verbrachte seine Zeit damit, daß er sich durch die Schiffsbibliothek an Tonbändern mit der doppelten Normalgeschwindigkeit las, denn diesen Trick hatte er schon in seiner Kindheit gelernt. Er lief ohne Schuhe herum. Manchmal lag er mit dem Gesicht nach unten auf dem Bett und litt ein wenig, wenn er an sein vergangenes Leben dachte. Unter den Wänden und um die Tür herum war ein ganz schwaches, dünnes Vakuum, und da sickerte Luft in den Korridor hinaus.
Er war das: Reiseklub, Berufsklub, Leseklub, Theaterklub, Kleiderklub, Eßklub, Sportklub, Rentenklub, Erfahrungsklub und natürlich DIE NATION, in die er hineingeboren worden war. Ohne Klub redete keiner mit einem. Er lag auf dem Gesicht. Es bedurfte großer Sorgfalt von seiner Seite, damit sich der Schiffsrumpf in Stacheln auflöste, die sich selbst in gehärteten Klebstoff einbetteten, und für eine Weile war er Kristall in einer Matrix, und dann erschien in seinem linken Schulterblatt die Erde; sie war noch sehr weit entfernt. Er weinte ein bißchen.

». . . in die du geboren wurdest«, sagte der Kommandant.

»Oh, sie hält dich nur zum Narren«, sagte Jai. »Erde, Luft, Feuer und Wasser — du lieber Gott!«

»Gibt sie dir denn Ideen ein?« fragte der Kommandant ein wenig traurig und ziemlich lässig.

»Nein«, antwortete Jai, ebenfalls ein wenig traurig. »Ich gebe ihr Ideen ein.«

»Sei doch ehrlich«, sagte der Mediktechniker. »Was kann sie alles?« Glänzendes Ideal, weit in der Ferne auf einer mathematischen Ebene, aus Folie konstruiert und in den Wind lauschend. »Warum ließ sie dich allein?«

»Die Erde«, sagte Jai unter Tränen, »ist in meinem linken Schulterblatt. Sie ist als Sentimentalität stärker als die Sonne. Es gibt dort noch einen anderen Stern, aber ich weiß nicht, wie ihr ihn nennt. Der andere ist ein wenig höher. Das scheint mir alle Fragen zu beantworten, die ihr vernünftigerweise stellen könnt.«

»Ich werde dir eine Injektion schießen«, sagte der Mediktechniker zu seinem Mentalpatienten, der

ohne Schuhe war,

ohne Gürtel, der seine Hosen in der Hüfte festhielt,

der faul, verdrossen und trotzig war und simulierte.

Der Mentalpatient warf sie beide hinaus aus seiner Zelle. Nachdem ihre Seelen sich wieder mit dem Körper vereint hatten oder auch umgekehrt –, stellte er das Schloß ein und weinte schamlos auf seinem Bett, verlor sich in allem Kummer, den es auf dem ganzen Schiff gab, weinte über die Vergangenheit, über Kleinigkeiten, über Absichten, über eingebildete Dinge. Er lag da wie ein Gekreuzigter und weinte auch darüber. Dann versuchte er das ständige sinnlose Überwechseln von einem Mann zum anderen aufzugeben – vom Gesternmann zum Letztenwochenmann, zum Vergangenheitsmann, zum Jungen, zum Kind, zum Zukunftsmann, aus dem er zum Säugling wurde, zum Jetztmann, und krampfhaft wand er sich aus dem Körpermann, um Evne zu finden.

Aber sie war verschwunden. Ein tränenfeuchtes Lächeln unter Schluchzen hing noch in der Luft. Außerhalb des Schiffes und ein ganzes Stück an einer Flanke war ein Raumloch, eine große Biegung, ein Geysir, der aus dem Nichts kam und über den Rand stürzte; das war die Sonne. Und auf der anderen Seite legten sich Fingerspitzen aneinander; das waren Luna-Erde. Lichter funkelten auf der Dämmerungslinie des Mondes; die Erde wagte noch nicht hinzusehen. Evnes altes Lächeln wand sich unter der Tür durch wie ein Dampffaden und führte ihn. Er ertastete sich seinen Weg. Die Erdoberfläche, mit unzähligen Milliarden von Spuren infiziert, die verwischt, verschmiert und ineinander verworren und verknotet waren. Sie war irgendwo auf der Nachtseite des Planeten. Jai Vedh zog sich in seinen eigenen Körper zurück, der inzwischen wie eine Leiche dagelegen hatte, und wurde sich dessen bewußt, daß vier Dinge um ihn herumstanden.

Bösartig, niedrig, streitsüchtig, vierbeinig, mit Panzern und Wellensäumen aus Knochenplatten bewehrt, schwer, Schwanz nachschleifend und unanständig: der Dinosaurier. Er wünschte, seine Phantasie möge keine so impressionistische Wendung nehmen. Innen floß und schnatterte es, wie das Phantom eines großköpfigen Affen: die Geister von Fingern, von Gesäßbacken, von glühenden ektoplasmischen Bäuchen, von Haut, Ohren und geriebenen Knöcheln, von kleinen Fellfleckchen. Der Geist in der Maschine, der sich einen Weg zu schaffen versuchte und aus dem Käfig kroch.

Du hast dein Innerstes nach außen gekehrt, sagte er.

Seine Augen erkannten vier Stahlfedern, die leise schwangen. *Ihr müßt Menschen sein. Aufhören.*

Die Federn schwangen; getrocknete Leber und Lichter hingen innen, ein Herz, das wie ein Topf mit trockenen Erbsen rasselte.

Erschreckt fluchte er und setzte sich auf, tastete mit den Füßen nach seinen Sandalen, die unter dem Bett standen. Er schloß die Augen und trennte angestrengt Maschine und Affen, den Geist in der Maschine, der doch das Bewußtsein des Körpers sein sollte, aber der Körper war in seiner eigenen Falle gefangen. Armes Ding, das sanft alle jenen leichten Berührungen, die einmal waren, betrauert, das die Gedanken des Affen auffängt, nicht der Maschine. Die Riemen der Sandalen schlossen sich um seinen Fuß. *Und obwohl die Masse von ihnen menschlich ist, werde ich wohl Schimpansen sehen, wenn ich die Augen öffne... Zu tief... Die Saurier müßten Muskelpanzer haben, eine spontane Spannung in den großen Muskeln. Konzentriere dich darauf. Verdichte dich. Sei oberflächlich.*

Er öffnete die Augen und sah vier Stahlfedern, die wie Menschen aussahen — oder umgekehrt.

»Lady und Gentleman«, sagte er höflich.

Sie hatten menschliche Skelette, den menschlichen Lymphbaum, die Strahlungen des menschlichen Nervensystems, eine unregelmäßige Atmung, Muskulatur, vier Blutströme, einige unbedeutende internale Reparaturen, ein Zittern im Bogen des Fußes — das Schiff begann wieder mit der Drehbewegung — und vier Paare menschlicher Augen.

Erst sagte er ihnen ihre Spitznamen, Namen, die sie sich als Kinder selbst gegeben hatten, dann ihre Erwachsenennamen.

»Ihr sollt mich also ausfragen«, sagte er. »Mich kontrollieren, und ihr sollt auf euch aufpassen. In euren Händen habt ihr Blitzlichter, aber sie taugen nichts. Ich bin nicht epileptisch. Ich bin nicht hypnotisiert. Daß ich verwirrt bin, ist etwas anderes. Wenn ihr es versucht, könnt ihr mich vielleicht ablenken. Aber was sie und ich tun, das ist keine Angelegenheit des Gehirns, nicht etwas Einzelnes für sich selbst. Versteht ihr?«

Was sage ich da? dachte er verblüfft. Ihre Spitznamen aus der Kinderzeit waren ihnen doch auf die Stirnen geschrieben, so etwa wie Mariamne, Bat Luzifer, Hasel — alles in eleganter Leuchtschrift. Phosphor? Tageslichtfluoreszenz? Er dachte, er müsse verrückt werden. *Erst hast du Biologie verstehen gelernt,* sagte er sich in Gedanken vor, *dann begreifst du Stimmungen, danach Erwartungen, endlich Absichten und dann Ideen.* Aber es wirkte nicht.

»Miriamne ist vier«, sagte er ohne nachzudenken und wühlte in seinem Schrank, um etwas zu finden, das er zu Hosen anziehen konnte. »Und Miriamne nennt sich selbst so, weil ihre sprechende Puppe immer Miriamne sagte, Miriamne...« Bat, Luzifer, Hasel, denkt er, als er wühlt. *Welch wundervolle Namen!*

»Wir wollen doch gehen!« schreit die Frau, die Bat heißt. »Wir sind Fachleute! Wir sind Wissenschaftler!«

Dann geht doch. Was glaubt ihr, daß ich euch tun will?

»Ich suche ja nur ein Hemd«, erklärte er zur Entschuldigung. »Nur noch einen Augenblick.«

Hol doch eine Pistole, sagt jemand. *Etwas. Wir sind doch Fachleute.*

Jai Vedh ist sehr interessiert.

»Was«, fragte er, »sind Fachleute?«

Nachdem sie gegangen waren, brauchte Jai Vedh ein paar Minuten, bis er sich seines Namens erinnerte. Er mußte sich durch motorische Regionen und seine unterbewußte Spracherinnerung arbeiten; dann fand er heraus, daß sein Name Jai Vedh war. Ihm fiel auch ein, was Fachleute waren, was eine Pistole war. Er begann schrecklich zu schwitzen. Er verließ den Raum, der vollgestopft war mit den Gedanken an Seuchen und Monstrositäten und einem Durcheinander aus chaotischer Panik und arbeitete sich zum nächsten Abteil durch. Er fand, die kleineren Entfernungen waren schwieriger zu bewältigen. Es gab ein Bett, unter dem man sich verstecken konnte, aber keinen Bewohner. Von hier aus konnte er leicht zum Mittelpunkt des Schiffes schlüpfen, auch darüber hinaus, um im Raum zu sterben; das Schiff war unterwegs zur Erde oder zum Mond, und eine geringe Schwerkraft machte sich schon bemerkbar.

Was beginnt mit Spiel und endet als Arbeit? Das sagte die Wand hinter ihm, aber es war im Grund ein Reflex seiner eigenen Gedanken und der von anderswoher. *Kannst du nicht deine große Schnauze halten, du Großmaul?* Er sah vollkommen klar, daß bald die Zunge das aussprechen würde, was das Herz dachte, besonders dann, wenn ihm wieder einer dieser Sprünge gelungen war. Ist das Elektron nach dem Sprung aufgeregt? Spielt es? Rebelliert es? Ist Arbeit Spiel? Ist Spiel Arbeit? Hast du nichts Besseres anzufangen mit deiner Fähigkeit, durch Wände zu gehen, als dir Ärger an den Hals zu schaffen?

Biest, bist, biestig, sagte die Wand. Von irgendwoher, von der Nachtseite der Erde, kam der Faden eines Gedankens, eine dünne Strähne, die sich meilenweit vom schmutzigen Fensterglas des Planeten heranwand: *Arbeit ist Spiel ist Arbeit ist Spiel* ...

»Liebste, kannst du mich hören?« schrie er verzweifelt und wußte doch, daß er seine Gedanken nicht in die Köpfe anderer Leute zu schicken vermochte, nicht einmal zwei Fingerbreit, und dann schon gar nicht zwanzigtausend Meilen! »Liebste, kann ich dort hinabfliegen? Wird es zulange dauern? Werde ich dabei sterben?« Das Echo seiner eigenen Stimme betäubte ihn. Draußen auf dem Korridor rannten Leute hin und her, neue Leute mit Seelen, die so mörderisch böse und fachkundig waren, daß ihm die Haare in die Höhe standen. Es gab Dinge, von denen er nicht einmal zu wissen wünschte, welchem Zweck sie dienten. Und er schrie erneut.

Gott wird für dich sorgen, wisperte die Fadensträhne spielerisch. Und so sprang er.

Er ging in einem Park herunter. Es war Nacht. Niemand war in der Nähe. Er konnte sich nicht erinnern, den dazwischenliegenden Raum gequert zu haben. Unter den breiten Blättern eines Pandanusbaumes lag er und lauschte in die Dunkelheit, und die Luft war unangenehm warm, fast klebrig in ihrer Feuchtigkeit. Warum war die Erde unter ihm so dünn? Wie ein Garten: Ein wenig Humus über Sand, der über Kies und der über geborstenen Felsen. Darunter lagen Fuchstunnels, Luftbehälter, Wasserdampfhöhlen, und alles stürzte über alles in diesem unterirdischen Abfallhaufen. So ging es ein ganzes Stück tiefer, doch er probte weiter.

Erfaßt.
Verloren.
Verdammt!
Das sind doch Menschenhäuser, du Dummkopf. Da ist eines. Gebiet größter Dichte. Leider sehr ausgebreitet. Ausgewalzt. Pflanzen oben, um das Minus an Sauerstoff zu reduzieren und die Hitze nach oben abzuleiten. Tropen.

Er stand auf und stieß mit dem Kopf an eine Schraubenpalme, deren Existenz er vergessen hatte. Unter seinen Füßen bewegte sich etwas im Stein, weit entfernte Menschen wie winzige Punkte in verseuchtem Wasser. Die Luft roch unangenehm. Er begann die Struktur der Stadt unter ihm zu erfühlen, eine riesige Lage aus Höhlungen und Nichtsen, das genaue Gegenteil dessen, was das Auge sehen würde, bis er fühlte, daß er auf einem Ameisennest stand und er durchbrechen mußte. Er legte sich auf den Boden und stopfte die Finger in die Ohren. *Muster, die man sieht und nicht mehr ungesehen machen kann.* Er deckte die Hand auf die Augen, drehte sich um und legte die Hände um den Stamm des Pandanusbaumes, der sofort mit ihm in den Abgrund schwebte.

»Verdammt!« schrie Jai Vedh und sprang auf die Füße. »Wie soll ich da auch nur eine Minute *schlafen* können!«

Schwerkraft, erklärte der Baum gewichtig. Ein Ast rieb sich an ihm. Er wußte, das alles kam aus ihm selbst, doch er war fasziniert. Dann lachte er und legte sich gehorsam nieder. Die Schwerkraft der Erde war enorm, einfach riesig. Von weit weg war die Biosphäre nur ein dünner Film, und Jai und alles übrige war nur ein einziges Molekül, unvorstellbar flach, und man hatte Glück, wenn man nicht zu Tode gedrückt wurde.

Dort unten ist es hohl, sagte Jai Zwei.

Schlaf doch endlich, sagte Jai Eins.

Soll ich dich beim Morgendämmern aufwecken? fragte Jai Zwei.

Ja, sagte Jai Eins säuerlich, *und dann gehen wir und erobern die Welt.*

In dieser Nacht träumte ihm, er sei durch die neun Schichten der Ruinen von Troja gefallen ...

Als es dämmerte, regnete es, und als er aufwachte, lag sein Kopf in einer lauwarmen Pfütze. Zykaden hatten sich zur oberen

Schicht des Grünwuchses durchgekämpft, wo von den kleineren Pflanzen das Wasser ablief, so daß der Boden es aufnehmen und sammeln konnte. Ein feiner Regen sickerte überall durch. Der Pandanusbaum stand am Grund einer kleinen Mulde. Jai Vedh war völlig durchnäßt und steif vom Schlaf. Er stand auf, klammerte sich an den Stamm und erzeugte so eine ordentliche Dusche. *Die Schwerkraft hat aber heute viel zu tun.* Nirgends sah er einen Pfad. Er ging also aufs Geratewohl durch den Dunst, der über den Hitzelagen trieb, und hielt zuerst nach einem Weg Ausschau. Dann sondierte er nach unten, um einen Elevator zu finden, entschloß sich aber schließlich für ein Gefälle zur unterirdischen Stadt, oder für eine Dichtigkeitsveränderung oder irgend etwas, das DAS ENDE ankündigte. Nichts kam. Sein Kopf schmerzte, und es sah aus, als wolle es den ganzen Tag hindurch regnen. Er versuchte den Stadtrand zu finden, doch der lag außerhalb seiner Reichweite. Oder es gab keinen Rand. Er trottete weiter, rutschte über Hügel abwärts, denn an seinen Sandalen blieb feiner Schmutz kleben.

Die Sonne ging hinter Nebeln auf und schickte Wolken unsichtbaren Wasserdampfes in die Luft. Gegen Mitte des Vormittags wurde die Stadt rechts von ihm greifbar. Sofort schlug Jai diese Richtung ein, aber noch immer veränderte sich nichts. Bodenranken zerrten an seinen Sandalen, und schließlich sah er sich gezwungen, barfuß zu gehen. Wenig später sah er die erste Person fünfhundert Yards weit weg einen Elevator verlassen, und das Elevatorhaus war eine in Ranken versteckte Märchenhütte; er lief weiter, verfing sich in den Ranken und stürzte. Der andere Mann schien ihn nicht gehört zu haben.

»Blöd«, sagte die Ranke. Er lag da und überlegte. Er war so hungrig, daß er sich krank fühlte. Aber kann man denn zu einem Menschen sagen: Ich bin eben vom Himmel gefallen. Wo bin ich? Man tauschte jetzt Adressen aus, indem man dem anderen die Scheibe am Handgelenk zeigte. Und Rechnungen hatte man zu bezahlen. Reisen mußte man. *Nein, ich hab nicht alles vergessen.*

Denk, denk, denk! Er dachte: Ist der Elevator eßbar? Der Elevator sagt Willkommen in Winnetka. Wo liegt Winnetka? Kann ich englisch essen? Haben sie in den Straßen von Winnetka Lebensmittel für Durchreisende? Jenseits von Winnetka ist eine ganze Reihe von Elevatoren, und dahinter ein Ring von Elevatoren, und noch weiter dahinter eine Rampe, die einen

Kreis bildet, und überall wachsen Mohn, Ananas und Zuckerrohr, sogar Mariposalilien gibt es. Und dahinter kommt eine richtiggehend solide Stadt — nein, in lauter Ranken versteckt, und das Auge findet nichts hinter den Ranken. Kisten auf Kisten getürmt in der unsichtbaren Gartenstadt deiner Träume, der größten Trabantenstadt der Welt. Blatthäuser. Paß auf Giftefeu auf!

Jai Vedh, der mit geschlossenen Augen sehen konnte, fand seinen Weg zwischen zwei Elevatoren und las — mit geschlossenen Augen — die Tafel, auf der stand:

WILLKOMMEN IN WINNETKA
78° W., 39° N. GEGRÜNDET
VON MARIUS WINNETKA,
A. D. 2134

BETRETEN DER GESCHÜTZTEN
INNENSTADT UNTERSAGT

DIESE PFLANZEN SIND
GEFÄHRLICH

Darunter waren Solidographe von Giftefeu, Giftsumach und *Antropa belladonna*, dem neuen tödlich giftigen Nachtschatten.

Ihm fiel ein, daß in den geschützten Innenstädten auch noch andere giftige oder gefährliche Dinge sein konnten, er eingeschlossen. Er schlüpfte wieder in seine Sandalen, durchstieß den zweiten Elevatorenring und schaffte das Dach der Rampe. Er ließ sich so wie er war, bärtig, schmutzig und verschwitzt, in die Menge fallen. Manche Leute lachten und applaudierten, die meisten reagierten gar nicht.

»He!« rief jemand. »Dich kenne ich doch!«

Es gab Pfiffe, Hochrufe und Gelächter. Ein Mädchen mit grünbemaltem Körper warf die Arme um ihn und starrte ihm gebannt in die Augen. »Ich liebe dich«, sagte sie. »Das war wie ein Blitzschlag. Willst du mich haben? Mir ist es recht.«

»Du bist in meinem Sensitivitätsklub«, sagte ein großer, kahlköpfiger Bursche mit Brille. »Stimmt doch? Ernst?« Seit dreihundert Jahren trug kein Mensch mehr eine Brille.

»Nein«, antwortete Jai impulsiv. »Ich bin in einem anderen Klub. Ich hab' dort nur experimentiert, und da hab' ich mich **verirrt.«**

»Allein?« fragte der Mann erschüttert.

»Eine ganz neue Idee«, antwortete Jai.

»Dann gehe ich lieber und teile sie mit dem Klub, bevor ich erstarre und mich nicht mehr wehren kann«, fügte er hastig hinzu.

»Dann komme ich mit«, erklärte der andere Mann. Er war sehr ernsthaft und sehr höflich. Unter seinem Overall war er ganz nackt, und einen Overall trug seit mehr als dreihundert Jahren kein Mensch mehr. Seine Brille hatte keine Gläser, *was mich,* dachte Jai, *daran erinnert, warum ich immer im Untergrund und nie in den Trabantenstädten gelebt habe.* Er riß sich vom Mädchen los, und den anderen Burschen mußte er doch auch verlieren können, wenn er ihn um seine Adresse bat und ihm sagte, sie würden dann später einmal zusammen essen und ordentlich auf die Pauke hauen. Alles auf Kredit natürlich.

Oder man könnte seine Sensitivitätsgruppe einladen, meine Sensitivitätsgruppe, und ihr Lokal besuchen. Das Mädchen hatte inzwischen die Arme um einen anderen Passanten geschlungen und sagte: »Du hast aber enttäuschende Augen. Dich mag ich nicht. Willst du mich haben? Das ist mir recht.« Jai lächelte, und das war immer und unter allen Umständen richtig. Der andere Mann lächelte zurück, und ein ganzer Kreis von Leuten lächelte nun. Die beiden Männer betraten einen der Pfade, die von der Eingangsrampe wegführten. Kürbisse und Mondwinden hingen über ihnen. Der Bursche mit der Brille hatte einen ungewöhnlich raschen Herzschlag. Sie waren von einer Menschensee umgeben.

»Das ist aber aufregend, was du getan hast«, sagte er.

»O nein«, antwortete Jai. »Wenn es auch natürlich ein richtiges Erlebnis war und meine Sensitivität erhöhte.«

»Dieses Mädchen!« sagte der Mann im Overall und schüttelte den Kopf. »Dieses Mädchen! Ich würde sagen, halte dich besser an deinen Klub.« Er klopfte ihm mit den Fingern auf die Schulter.

»Hm«, machte Jai.

»Eines Tages wird man sie noch ermordet auffinden.«

Jai stieß ihn in den Magen. Bevor er noch wußte warum, war Jai schon in einem geduckten Sprung zwischen den Häusern verschwunden und streifte hinter einem Wasserfall aus scharlachroten Blättern seine Kleider ab. Dieser Kahlkopf hatte Hypodermiknadeln in den Fingerspitzen, und das hatte ihm Angst gemacht. Und im Gürtel hatte er einen Metallsucher. Er hatte kein Gedächtnis und kein Gewissen, und was man mit seinem Geist angefangen hatte, war schauerlich. *Wo ist das Metall an mir?* Er fand einen Sender in einem Hosenbein, einen anderen in der linken Sandale, und er levitierte beide hinaus. Die Luft war verschmutzt von allen möglichen und unmöglichen Sendungen, so daß es für ihn schwierig gewesen wäre, die zufällig zu bemerken. Ob sie vielleicht den Zweck gehabt hatten, eine Müllverbrennungsanlage in die Luft zu schicken? Ob sie sich wohl nichtvisueller Hinweise bedienten, wenn sie Gegenstände bewegten? Er suchte seine eigene Haut nach ungewöhnlichen Ausstrahlungen ab, fand jedoch nichts. Nach innen konnte er doch offensichtlich nicht gehen. Er hielt nach der Sonne Ausschau, und das war einfach, und dorthin dirigierte er die Sender. Sie würden also mindestens ein ganzes Stück weit entfernt zu Boden kommen. Weg waren sie, auf dem Weg zur Sonne. Er begann zu rennen, blieb stehen; atmete tief zwischen zwei Mauern. *Denke!* befahl er sich. Der Kahlkopf war irgendwo seitlich von ihm und hielt sich den Magen; die Leute liefen um ihn herum. Denken, denken, denken. Schmerzfunken. Jai dachte:

Was will ich?
Evne. Zurückkehren.
Das ist Zukunft. Jetzt?
Am Leben bleiben.
Entkrampfen.

Er legte sich auf den Boden, schob die Arme unter seinen Kopf und übertrug die Welt in Massen, die um ihn herum waren. Drei Straßen zurück krümmte sich noch immer ein vor Schmerz wimmernder Mann, ein Halbgeist, verwirrt, unverwechselbar gezeichnet auf Stirn und Bauch; er würde den Burschen unter Millionen wieder herausfinden. Nach allen Seiten erstreckten sich Häuser. Einige tauchten in den Boden, andere tauchten daraus auf, stapelten sich zu Pyramiden, in sich überstürzende Wellen, und eines war vom anderen nie weiter als achtzig Yards entfernt. Der Planet war völlig zugedeckt. Die alten Städte, die früher auf der Erdoberfläche gestanden hatten, waren mit allem Grünzeug bewachsen, das auf ihnen wachsen wollte, und die Berge waren ein Wabenwerk von Höhlen. In der Antarktis waren die Straßen vollgestopft mit Lastfahrzeugen; Schwebewagen, Seefahrzeuge, Rohmaterial, Bauten und Installationen unter der Meeresoberfläche, Algennetze in der Sonne, nur ein paar In-

sekten, aber keine Tiere, nur Menschen, Menschen, Menschen, überall nur Menschen.
Was ist das Gegenteil vom Garten Eden?
Der Mann mit der Brille war drei Sprünge hinter ihm. Er deformierte sich nach Norden, floß über die alte Erde, wurde ein schwarzes Gewirr von Dichtigkeiten. Eine Stadt flog an ihm vorbei: ein Zickzack und Tränenfall; ein Gewitter: schwarze Knoten auf weißen, ungeheuren Luftschwankungen; die See: eine sich windende Masse; gerade unter ihm: das Zentrum der Erde. Magna oszillierte lange, lässig in einem schweren Infra-Baß, viel zu langsam für menschliche Ohren. Der Planet sang.
So erschreckt, so fasziniert, so ehrfürchtig und erregt war Jai Vedh, daß er fast den Grund nicht mehr gefunden hätte. Er materialisierte sich zehn Fuß über dem Boden und schlug mit einem Krach auf, der ihn momentan betäubte. Als er wieder klar zu denken vermochte, befand er sich in einer anderen Innenstadt, die ebenso geschützt war, wie die vorige, und er lag oben auf einem dünnen Schmierer, der Fabriken, Farmen, Werkstätten, Klubs, Laboratorien, Transportwege, Industrien, Verwaltungen, Vergnügungsstätten und Drogenbars tarnte. Seine linke Seite war stark geprellt. *Der alte Mann sang, er sang mir was vor*, murmelte Jai benommen. Jai Eins und Jai Zwei führten eine angeregte Unterhaltung miteinander über Tarnungen, falsche Kennkarten, Klubmitgliedschaften und Erkennungsplättchen für das Handgelenk.
Was willst du?
Essen.
Respektabilität?
Essen.
In einer Kreditwelt stahl man höchstens Gebrauchsartikel. Er suchte nach einer Transportröhre, schlief ein, wachte erschöpft und unbeschreiblich hungrig auf und schlief wieder ein. Es war Abend, als er wieder richtig bei sich war. Die erste Untergrundröhre, die er fand, war Abwasser, die zweite Wasser, das er direkt in seinen Magen zu transportieren vermochte, bis es einen kleinen Unfall gab, doch er ertrank nicht, er erbrach. Mengen konnte man so schlecht abschätzen. Er versuchte sich daran zu erinnern, was er in den Städten gesehen hatte – es war soviele Jahre her! – und pickte sich einen Morgenrock aus einem über ihn wegfliegenden Schwebewagen; dann auch noch eine Menge Kinderspielzeug und etwa Unterwäsche. Er trocknete sich, wik-

kelte sich in den Morgenrock und warf das Kinderspielzeug in die See. Allmählich wurde es ziemlich kalt im Mikroklima über Charmian, Nordkanada. Die fünfte Röhre, die er anzapfte, transportierte Säcke mit Hefemehl, das er nicht essen konnte. Die sechste war eine überdachte Schnellstraße für Schwertransporte und oben mit Gras bewachsen.

Er wartete.

Algenkäse.

Palmgewürze. — Welche?

Piniennüsse.

Zerbrechliches, Luxusartikel, Delikatessen.

Er nahm sein Dinner in der Dunkelheit ein und beroch alles erst, ehe er es berührte; zum erstenmal schmeckte er den überall vorhandenen Grundstoff Hefe und die Algenkulturen. Die Piniennüsse waren aufbereitetes Sojamehl, die Palmgewürze bearbeitete Hefe, die Luxusartikel waren Seeprodukte. Es gab ein Eckchen getrockneter Pilze. *Seit wann essen wir Delphine?* Aber alle Wale waren längst ausgerottet. Er schnappte sich aus einem anderen Schienenlaster selbsterhitzende Suppen, öffnete sie und trank. Es war sehr kalt; er war zu müde, um sich bewegen zu können, die Prellung schmerzte, und auch sein Schlafbedürfnis schmerzte. Er trottete weiter zur nächsten Heizröhre, denn dort war es ein wenig wärmer. Er wartete auf eine Ladung Decken oder arktischer Unterwäsche. Leider mußte er sich dann mit einem Ballen Werbefahnen zufriedengeben, in die er sich eingrub. Oben im groben Gras des Straßendaches flüsterte etwas und bewegte sich: wilde Bodenblaubeeren, winzig wie Nadelköpfe und sauer wie die Geister ihrer Vorfahren. Er sammelte einige und hielt sie in der dunklen Höhlung seiner Hand, konnte sie aber nicht essen. *Virus? Bakterie? Arsen? Bleiverbindung?* Er wußte nur eines:

Sie waren verseucht.

Im Norden erstreckten sich die menschlichen Wohnstätten bis zum Rand des Kontinents. Im Osten war die See, im Westen lagen die weitläufigen Räume der großen Zentralwüste. Im Süden schlüpfte die menschliche Rasse am Kontinentalschelf des Atlantik entlang immer mehr unter die See. Dreihundert, vierhundert, sogar fünfhundert Fuß tief und dicht besiedelt befanden sich die schwimmenden Städte mit allem, was dazugehörte, den

Erzwäschereien, Raffinerien und Nahrungsmittelfabriken. Für die Computer auf dem Mond enthüllte die Dämmerungslinie ein wenig mehr, die Sonnenuntergangslinie ein bißchen weniger von den gleichen Dingen. Bis zu einer Höhe von zwanzigtausend Fuß lebten die Menschen, starben, vermehrten und analysierten sich selbst, und dasselbe war im Kopernikuskrater, im Ziolkowskymaar und in den Lunaren Apenninen der Fall. Die Himalayagipfel waren mit Hotels gepflastert, die Wüste Gobi, der Mond, alle Küsten aller Kontinente ...

Nur am Grund des Pazifikgrabens könnte ich noch allein sein, dachte Jai.

Er schaute — aber das stimmte längst nicht mehr.

Zwei Nächte schlief er über der Stadt Charmian in einem übergroßen Morgenrock, und dann wanderte er nach Süden und Westen in der Annahme, seine kleinen Diebereien würde man weniger leicht entdecken, wenn er immer wieder den Ort wechselte. Er blieb auch kurz über den geschützten Innenstädten von New Anglia, Orange, Los Padres, Bottleneck und Place, dann tat er einen weiten Sprung in die gemäßigte Zone, denn in den Tropen war durch die von den Städten kommende Hitze eine Bepflanzung der Oberfläche völlig unmöglich.

Nur in der Zentralwüste gab es noch ein paar Tiere: Insekten, ein paar Kröten und natürlich Vögel. In einem Hotel in der Nähe der Trabantenstadt von Nevada, Provinz Amerika, gab es eine Chamäleonfarm. Dort stahl er im Vorübergehen ein Tier, doch er ließ es wieder frei, als er Oregon erreichte. Eine halbe Stunde lang hatte es wie tot in der Tasche seines Morgenrocks gelegen, und als er es herausnahm, hatte es die rostrote Farbe seines Unbehagens.

»*Du brauchst mir nicht Gesellschaft zu leisten*«, sagte er. Das Tier blinzelte mit dem zweiten Augenlid.

»*Ist dir kalt?*« *Das sollte nicht sein. Diese Städte sind alle kalt. Auch die Trabantenstädte. Deshalb leide ich allmählich an einer Klaustrophobie. Und auch am Exill.* Er setzte das Tierchen auf sein Knie, wärmte es mit seinen schützenden Händen und versuchte einen Blick in sein Inneres zu tun, doch er konnte sich nicht recht konzentrieren. Er streichelte mit den Fingerspitzen den zarten Rücken, dann setzte er es eilig ab, als es einen starken, beißenden Geruch von sich gab. Blitzschnell rannte es zu einer Heizröhre und blies den Kehlsack auf. Nun war es wieder grün. Er sah, wie sich die Zellen unter der Haut öffneten und ihre Farbe änderten. O gesegnete Wärme! O richtiger Boden! Gott in seinem Himmel. Bin ich hungrig! *Und nun bin ich im Geist eines Reptils*, dachte Jai Vedh.

Er suchte nach den Lieferwagen für den Mittelabschnitt, Oregon. Hinter ihm ging der einfache, eindruckslose, unwissende Gesang weiter: Hitze Grund Hitze hungrig Hitze Grund. Etwas Starkes, Vages war nun um ihn. Ich lege mich nieder. Wir legen uns nieder, *alles ohne die Bewußtheit der höheren Ordnung selbstverständlich: der Vögel hysterische, nervöse Emotionen, die scharfe, ins Einzelne gehende Neugier der Säugetiere, aber nicht das Einfachste von allem, das unveränderliche, unbelebte Sein der Steine, der Felsen.*

»Evnel« schrie Jai. »Wie soll ich das abschalten!«

Sein, sagten die Felsen, der Lehm, der Sand, der Humus; sein sein sagten die Halme und Wurzeln. Ich lege mich nieder, die Blätter, ich lege mich nieder und die Leute von der Zentralsektion Oregon ...

Panische Angst griff nach ihm, denn er glaubte, der Schädel müsse ihm aufspringen, damit sein Gehirn herausquellen konnte, weil er den Lärm der hundertdreißig Millionen Menschen in der Zentralsektion Oregon nicht ertrug. Niemals mehr würde er hier allein sein, niemals mehr würde sein Geist ihm gehören. Zum Glück kam es nicht wie eine Sturmflut, sondern eher natürlich wie die schwache Andeutung von etwas Merkwürdigem; vor allem diese Unterschiede, die Zeitbindungen heute-morgen-gestern, *diese Farbe wird nicht trocken*, die physikalische Welt halb im, halb außer dem Geist — das ist durchaus möglich —, *der Himmel sieht aus wie ein Hochzeitsschleier*, und einige Locken symbolischer Gedanken sind so spukhaft, daß sie wie losgelassene Springfedern in die vierte Dimension verschwanden, *das bin ich im Spiegel, man sollte nicht verallgemeinern*; ein Bild, auf dem eine Säule in einen Raum führt, der zu einer Säule führt, die Teil einer Säule ist, die in den Raum führt ...

Er versuchte diesen letzten Worten zu folgen und kehrte dabei sein Innerstes nach außen. Langsam verblaßte das Bild und hinterließ: *das sind die Gedanken der Menschen.*
Ich sehe mich selbst.
Ichsehemichselbstichsehemichselbst.

Und, oh, diese Lügen! Dieses Versteckspielen! Nicht ein Teil unter einem Tausend war offen. Er legte sein Ohr auf den Grund, wie er damals sein Ohr in einem Museum an einen

Bienenkorb gelegt hatte und beobachtete unten die Täuschungen und Selbsttäuschungen der Zentralsektion Oregon, bis das Bild der Geister und Meinungen sich ineinander schob, voneinander trennte, zueinander trieb und sich endlich ein wenig verschwommen deckte. Er dachte:
Die gesellschaftliche Struktur war nicht so starr, als ich früher hier war.
Und dann:
Ich hielt die gesellschaftliche Struktur nicht für so starr, solange ich noch zu ihr gehörte.
Es war unmöglich, einen Menschen aus der Masse herauszupikken. Ziellos ließ er sich zum Stadtrand treiben und versuchte wieder, ein wenig voraus zu denken, ganz ehrlich voraus zu denken. Er wollte Evne finden, um dorthin zurückzukehren, wohin er gehörte, oder wenigstens wohin er gehören wollte. *Ich könnte ewig so herumwandern...* Er hockte sich auf den Boden, um zu denken, hielt sich mühelos im Gleichgewicht, riß Blätter von den halbtropischen Bäumen. Alle, die er erkannte, waren Dauerpflanzen; er nahm an, daß Pflanzen von anderen Breitengraden hier nicht blühen und sich nicht vermehren würden. Ein paarmal mußte er Instandsetzungstrupps ausweichen, die ganze Gebiete bepflanzten. Untüchtig und unwirksam. Er rollte die Blätter zu kleinen Kugeln zusammen. *Computer begreife ich nicht. Nicht in tausend Jahren könnte ich in einem Computer spuken. Trotzdem muß ich in einen hineingelangen, einen Ausweis bekommen, Spuren finden, und diese Spur könnte ich auch in einer Menge entdecken. Ich könnte ihr folgen, sie finden. Wen? Den Kommandanten, den Kapitän, andere, die sie kennen, die wirklichen Leute. Böse Leute. All das wußte ich nicht, als ich hier mein behütetes Leben führte. Geh hinein. Kauf dir einen Ausweis.*
Ein Lächeln flog über sein Gesicht.
Ich brauche nicht einmal Fragen zu stellen...

Eine Sängerin, die das tiefe E oder das hohe C erreicht, hält das für so außerordentlich bemerkenswert, daß sie nicht einmal mehr mit Gewalt darauf verzichten kann, es zu produzieren. Sie übt die ganze Zeit, ohne richtig daran zu denken. Erst kommt die Möglichkeit, den Ton zu erreichen, dann erreicht sie ihn, und schließlich will sie ihn gut singen. Nun hängt sie an der Angel des Tones. Nur lange Enthaltsamkeit im Singen kann ihr diesen Ton wieder nehmen.

Jai Vedh, der genau verstand, was das war, das er wußte, reiste nach Bombay, weil er dort schon einmal gewesen war. Er schweifte durch die Vororte der Stadt, spürte den Industrieverteiler für Bombay auf, durch ihn die Verkehrskontrolle der Region Süd; durch sie bekam er die Himalayahotels, durch ihn die Adresse des Mannes, den er brauchte.

Vier Stunden folgte er dem für die Hotels zuständigen Mann, bis er sie bekam.

Als er den Mann zu kennen glaubte, den er brauchte — Bevölkerungskontrolle, Alaska, Provinz Nordkanada —, ging er zur Wohnung des Mannes, blieb dort drei Tage und wartete auf ihn. Der Mann hatte in seinem Schreibtisch eine Betäubungspistole und eine Gasbombe. Jai berührte nichts, nicht einmal Lebensmittel. Es war sehr schwierig gewesen, die Adresse zu bekommen. Die Gedanken der Leute waren viel zu unruhig und hatten eine zu große Schwankungsbreite. Auch sein eigener Geist war einigen Behinderungen ausgesetzt: Geräuschen, krankhaftem Niesen oder Husten, einem Muskeltic, einer Menge ständig wiederholter geometrischer Kritzeleien. Er glaubte zu wissen, was er tat. Dann kam der Mann allein durch die kodierte Tür.

»Komm und setz dich«, sagte Jai zu ihm. Die Bombe im Schreibtisch glühte auf.

»Du kannst nicht«, sagte Jai, »ich bin hier.« Er meinte damit, daß er ja im Weg stünde. Der Fachmann trug grauseidene Hosen und eine graue Pulloverjacke; er setzte sich vorsichtig und berechnete seine Chancen, zur Pistole zu gelangen. Vorsicht, Überraschung, Angst, Versteifung, Nachdenken, um dem nahe zu sein, was in den Straßen gewesen war.

»Ich bin ... um etwas gekommen«, erklärte Jai. Es fiel ihm schwer, gleichzeitig zu sprechen und aufzupassen. »Ich will dir nichts Böses tun. Ich möchte etwas von dir bekommen und dir etwas geben. Ich denke, es wäre dein Vorteil.«

»Was willst du überhaupt? Eine Wirklichkeitsdroge?« fragte der Fachmann scharf.

»Nein, ich bin nicht drogensüchtig«, antwortete Jai. »Ich habe davon genug auf der Straße gesehen.« *Den Euphorischen, den Melancholischen, den Isolierten, den Wichtigtuer, den Satiriker, den Zwangsredner, den Schlafwandler, den Energieprotzen, die in Kokons eingesponnenen, die von Liebe Überströmenden, die-*

jenigen, die mit dem All in Berührung waren, die Ästhetiker, die fiebrig Weinenden, und schließlich die, welche unzählige Tode starben mit ihren ständigen übersteigenden Ängsten, der unweigerlichen Flucht, dem unausbleiblichen Verlust.

»Du brauchst den Knopf für die Maschine nicht zu drücken«, fügte er hinzu. »Sie funktioniert nicht. Ich habe sie kurzgeschlossen.« *Hält sich einen Plastikpolizeihund, dieser Idiot.*

»Was willst du, Zivilist?« sagte der Bevölkerungskontrolleur für Alaska. Er überlegte, was Jai wohl denken mochte, und dachte, gut, soll er doch reden. Er war mager, gefährlich, von ätzender Schärfe, braunäugig und sah durchschnittlich aus. Er wählte einen Drink, und der Schreibtisch begann zu tanzen.

»Ich will ihn nicht«, wehrte Jai höflich ab. »Da ist ein Geisttöter drin.«

»Du lieber Gott!« rief der Mann. »Du bist ja ...«

Jetzt weiß er es.

»Was ich wirklich will«, sagte Jai im Ton einer freundlichen Unterhaltung, seufzte ein wenig und strich über seinen Bart, »ist, sie zu finden und dann zu verschwinden. Keinem von euch passiert etwas dabei. Ich brauche einen neuen Ausweis und den üblichen Kredit. Ein paar Hobbys vielleicht. Das will ich und mehr nicht, ehrlich.«

»Aber das kann ich nicht tun!« schrie Victor Liu-Hesse, Alaskaner in der zehnten Generation, unverheiratet, kinderlos, erfolgreich, unter leichter Platzangst leidend. *Komisch, was die Leute so von ihren eigenen Namen halten.*

»Klar kannst du«, widersprach ihm Jai. »Ich weiß, daß du's kannst. Man sagt ›Erpressung‹ dazu. Ich fand es in der Bibliothek. Es heißt, hier habe es seit zweihundertfünfzig Jahren keinen Fall gegeben.«

»Ich tu's nicht, du Narr«, erklärte ihm Liu-Hesse kurz angebunden. Etwas blitzte in ihm auf und verschwand, blitzte auf und verschwand. Es war unmißverständlich, und die Fachleute konnten es auf eine Entfernung von Meilen erkennen: das harte Hautskelett, die brennenden persönlichen Haßgefühle, die Liebe zu Werkzeugen, die Heikelkeit.

»Du bist nicht erfolgreich genug«, sagte Jai, und der Mann verzog keine Miene, sondern nahm seinen eigenen Drink vom Tisch und setzte dazu an, ihn zu trinken.

»Geisttöter«, sagte Jai. Liu-Hesse setzte den Drink ab.

»Nein, du bist nicht erfolgreich genug«, wiederholte Jai. »Du bist nicht so erfolgreich, wie du's verdienen würdest. Du verdienst viel, viel mehr. Ich weiß, wie das ist, glaub mir's.«

Illegal, sagte Hesse. *Illegal. Werde alles verlieren. Werde meinen Job verlieren.*

»Eigentlich bin ich kein richtiger Zivilist«, sagte Jai. »Im letzten Jahr hatte ich zu kämpfen. Ich weiß doch genau, wie es ist. Draußen auf der Straße sterben die Leute an Tuberkulose und an Drogen. Das ist doch ekelhaft. Dazu will ich nicht gehören. Ich glaube, zu denen willst du ebenso wenig gehören.«

»*Job!*« schrie der Mann.

»Oh, was ich alles gesehen habe!« fuhr Jai geduldig fort. Er schlug die Beine übereinander und schwang einen sandalenbekleideten Fuß. Er trug einen grünen griechischen Chiton. »Was ich alles gesehen habe! Leute, die Wachs essen, die durch die Straßen rasen, und niemand erinnert sich daran, wer gewonnen hat, Leute, die an Poltergeister glauben, Leute, die Vögel erwürgen, Leute, die darauf bestehen, in Museen zu leben, Teefanatiker, Insektenfanatiker, Eunuchen, Leute, die dem Satan Jungfrauen opfern, selbstmörderische Irre, Plünderer, Vandalen, Sadisten. Die sind fast so schlimm wie die Gruppen, die zur Erde zurück wollen, welch ein Unsinn.«

»Verschwinde!« brüllte Liu-Hesse. »Ich melde dich sonst der Polizei.«

»Und du weißt doch, daß das alles gar nichts nützt«, erwiderte Jai.

»Nichts von dem, was du tust, hat Bedeutung«, fügte er liebenswürdig hinzu. *Schweigen, oh, dieses lange Schweigen!* Die endlosen Hügelwellen Alaskas, Nordkanadas; die unendlichen gewundenen Straßen, an denen die Pfirsichbäume niemals Früchte tragen würden, die wilden Erdbeeren, die Moskitos, die grauenhafte Ängstlichkeit.

»Ich kann dir nicht das volle Ding geben«, sagte Liu-Hesse nach langem Schweigen.

»Doch, das kannst du«, widersprach ihm Jai.

»Mensch, sei doch vernünftig. Es gibt Meilen von Registern, Klubs, Referenzen...«

»Keiner erinnert sich daran und allen ist es gleichgültig«, sagte Jai. »Es sind doch Zivilisten. Weißt du was? Du gibst mir einen Namen, einen Geburtsort, eine ganze Geschichte. Das kannst du tun.«

»In zehn Tagen«, antwortete Hesse mißmutig.

»In einem, sonst gehe ich zu einem anderen«, erwiderte Jai. »Ich gehe in die Himalaya-Hotels. Es gibt noch genug Illegalität auf dieser Welt, mein Freund. Und Profit.« *Und jetzt denkt er, es sei doch keine ganz schlechte Idee.*

»Natürlich bezahle ich dich dafür«, erklärte Jai. »Mit Informationen. Weißt du, eigentlich müßtest du viel mehr Erfolg haben. Das könntest du auch.«

»Das könnte ich auch«, sagte Hesse. »Wirklich. Angenommen, du hast keinen Rekorder an dir und nur so aus Spaß und als Marotte ... Was bekomme ich dafür?«

»Es gibt keine Skandale unter den Zivilisten«, antwortete Jai. »Ist das nicht interessant? Aber es gibt sie. Ich werde dir's sagen.« *Du hast es die ganze Zeit schon gewußt, aber hier ist der Beweis. Und diese Fachleute sind nicht ganz sauber. Diese Typen können ein Vergnügen nicht glatt genug nehmen. Der Mann wird von seinem eigenen Triumph zerrissen, und das schadet seinen Blutgefäßen und den Organen. Und schau dir nur sein Gesicht an!*

»Jetzt wirst du's tun«, sagte Jai.

»Jetzt tu ich's«, antwortete der andere Mann.

»Um den Boß zu kriegen, okay?« sagte Jai. Hesse hob sein Glas, lachte und stellte es zurück. Er griff in seinen Schreibtisch und fand, daß seine Bombe und die Pistole an der Decke schwebten und lachte wieder. »Bring sie wieder herunter«, sagte er. Jai tat es. »Ich überlege mir nur, warum du dich nicht dem organisierten Verbrechen anschließen willst. Vielleicht konntest du nur keinen Zugang finden. Weißt du, es gibt kein organisiertes Verbrechen. Das haben wir doch schon geschafft.«

»Ich bin mir dessen bewußt«, sagte Jai.

»Auch gespielt wird nicht«, fuhr Hesse fort. »Es ist unmöglich, Kredit auf andere Personen zu übertragen. Den eigenen Besitz zu verspielen ist zwar riskant, aber auch nicht übermäßig. Es gibt kaum etwas, das kopiert oder ersetzt werden könnte. Kredite sind praktisch unbegrenzt. Man tauscht, das ist alles. Und es ist sehr respektabel.«

»Ah, ah«, sagte Jai und beobachtete ihn genau. *Fachleute!*

»Diebstahl fällt natürlich in die gleiche Kategorie. Diese Leute sind sehr labil und werden mürrisch oder bekommen Kopfschmerzen, sonst nichts. Und ihr Sexleben ist, wenn ich es auch mißbillige, ihre eigene Angelegenheit. Es gibt keine Konkurrenz mehr. Die Leute können ein Geschäft anfangen, wenn sie wollen, aber mit uns konkurrieren können sie nicht, und wenn sie's aus Spaß versuchen, dann kann's uns ja nur recht sein. Ah, auf diese Art wurden sehr wertvolle Entdeckungen gemacht, so ganz allmählich. Und eine kulturelle Blüte. Aber die ist auch nicht ungesetzlich oder nachteilig.«

Jai zog die Knie ans Kinn und stellte seine Sandalen auf Liu-Hesses farblose Möbel. Es war ein Tisch oder ein Stuhl, oder vielleicht eine Kombination von beiden; ihm war das egal. Es war ein toter Ort. Victor Liu-Hesse, der ohne seinen grauen, eleganten Seidenanzug ein durchschnittlicher, unauffälliger Mann in einer Menge gewesen wäre, hob vergnügt eine Augenbraue.

»Ich gehe jetzt. Kommst du mit?«

»Nein«, sagte Jai, denn er hatte die Absicht, erst dann zu gehen, wenn der andere gegangen war. »Ich passe auf. Von hier aus. Ich brauche keine Wohnung, nur Kredit. Laß die Kennmarke eine Stunde vor der Dämmerung an der Stadttafel. Ich meine es ernst.« Hesse zuckte die Achseln. »Ich beobachte dich«, warnte Jai. »Und wenn du faule Sachen drehst, dann reiße ich dir von hier aus das Band aus der Hand, so wahr mir Gott helfe!«

»Ah, du kennst keine Computer«, sagte Hesse.

»Aber dich kenne ich, und das ist viel besser. Vergiß nicht: ich beobachte dich.«

»Na, leb wohl denn«, sagte der andere an der Tür. »Und vergiß nicht, ich beobachte dich auch. Immer, wenn du die Marke benutzen wirst, weiß ich, wo du bist.«

»Versuch nur etwas, dann laß ich dein Herz stillstehen«, warnte ihn Jai. »Auf Entfernung, wohlgemerkt. Also, glückliche Jagd.« Er beobachtete den Mann, als er ging. Er hatte einen elastischen Schritt und fühlte sich sicher. Es war nichts Besonderes an ihm.

Aber er ist harmlos. Organisiertes Verbrechen? Was ist das? Historische Neugier? Ich konnte es nicht finden und glaube es nicht.

Aber ich habe es gefunden, sagte Jai. *Ganz gewiß.*

Regierung ...

Er wartete in einem anderen Teil des Gebietes und konzentrierte sich so auf Hesse, daß er sich am ganzen Leib taub fühlte; zwischen zwei Häusern, wo niemand ihn belästigen konnte, starrte er ins Nichts und veränderte nur dann und wann seine Lage um eine Kleinigkeit. Er versuchte, wenigstens andeutungsweise seine Umgebung im Auge zu behalten, aber die Bevölkerungskontrolle hatte noch keinen auf ihn angesetzt.

Doch dann kam ein Kontrollschweber, und er duckte sich. *Wie diese Bastarde Geheimnisse zu bewahren verstanden!* Als er vorüber war, bewegte sich Jai einige Meilen weiter, war von Kopf bis Fuß steif und verkrampft und befahl Jai Zwei, ein Auge auf Hesse zu haben. Aber Jai Zwei schien zu schlafen. Er saß da, hatte die Füße auf einem dicken Kissen aus Unkraut, und die Moskitos quälten ihn. Er überlegte sich, ob es hier vielleicht auch noch Schaben gebe; wahrscheinlich.

Hesse schlief. Alle schienen zu schlafen. Er döste für ein paar Stunden, die Leute stiegen über seine Beine, und er war von allen Mördern Alaskas umgeben, von den zögernden und verworrenen Neurotikern, die ständig darüber nachgrübelten: Bin ich spontan genug? Bin ich kreativ? Bin ich reaktionsfähig? Namenlose Menschen ließen vage Ängste in die Rinnsteine träufeln, die Ausschwitzungen von Alaskas Gemeinschaftsgeist, seinem kalten Virus.

»Die Kinder« waren »wieder daran«. »Sie« hatten »es wieder getan«. »Jemand« hatte »etwas Schreckliches« getan. Er döste vor sich hin, erschrak, wachte auf, schlief wieder ein, wachte erneut auf. Die jetzigen Sexualgewohnheiten erschütterten ihn. Zwei von zehn Leuten konnten lesen. Auch er hatte sich einmal Sorgen gemacht um seine Spontaneität, um seine Kreativität, und jetzt galt seine einzige Sorge dem Überleben. Berechtigt war es ja.

Ein Mann hatte einen Viermonatefötus von der Regierung gekauft, trug ihn gemütlich nach Hause, um ihn zu töten, und dann aß er ihn. Jai gähnte und streckte sich. Unter seinem rechten Auge hatte er ein neuralgisches Zucken. Scheußlich. Er rieb die Stelle geistesabwesend.

Hesse — guter Gott! — nein, das war schon gut so. Er hatte geglaubt, Hesse führe etwas im Schild. Er begann unter den Nachtfluoreszenzen herumzulaufen, um die Zeit totzuschlagen und gleichzeitig die Steifheit aus seinen Gliedern zu vertreiben. Zwischen den schalldichten Häusern befanden sich dunkle Schattengruben; dort versteckte er sich, um den Leuten zu entgehen, welche die Straße entlangkamen.

Es war noch eine Weile bis zur Dämmerung. Neunzig Meilen

vom Rand der Innenstadt entfernt, bewegte er sich schneller über den Komplex der Untergrundverkehrswege und der einzigen Einschienenbahn, dem Sinnbild Alaskas und sein Monument. Das schlafende Land war dicht mit Häusern bestanden. Zwei Meilen vor der Stadtgrenze ging er wieder zu Boden, um den Rest des Weges zu Fuß zurückzulegen. Er hatte jedoch nicht die Absicht, sich der Stadttafel allzusehr zu nähern.

Er hielt nach Liu-Hesse Ausschau, konnte ihn jedoch nicht finden. Vielleicht war er zu müde. Dann verteilte er seine Aufmerksamkeit auf eine größere Region, und da sah er Liu-Hesse in einer halben Meile Entfernung; er war gerade aus seinem Privatschwebewagen gestiegen und schlenderte dahin. Er schien die Nachtluft zu genießen und wirkte recht munter.

Jai gab einem Impuls nach und näherte sich ihm, bis sie nur noch durch eine Feldlänge voneinander getrennt waren. Unkraut hatte sich bis zum Rampendach ausgebreitet und hing über das Zeichen. Die Wildnis der Innenstadt war ein schwarzer Fleck unter dem dunklen Nachthimmel. Unsichtbare Solidographe warnten niemanden und alle vor den Gefahren des Giftefeus.

Jai sah, daß Victor Liu-Hesse eine zusätzliche Kennmarke und eine Pistole hatte. Der Kopf des Mannes zuckte plötzlich in die Höhe, als er Jai vor den Lichtern der Trabantenstadt erkannte, doch es schien nicht Angst zu sein; er fühlte sich noch immer heiter und sicher.

Etwas wurde schärfer und streckte sich dünn aus. Sie gingen einander entgegen, und Liu-Hesse hängte die Kennmarke über die Stadttafel. Es war so dunkel, daß man kaum etwas erkennen konnte. Jai prüfte das Ding, um sich zu überzeugen, daß es nichts enthielt, was dort nichts zu suchen hatte, berührte es und legte es um sein linkes Handgelenk.

»Du bist Rechtshänder«, sagte Hesse. Der Mann war neugierig und von sprunghafter Heiterkeit.

Jai nickte.

»Sag mir, wie machst du das?« fragte Hesse. »Konzentrierst du dich? Oder läßt du dich einfach fallen?«

Er glaubt mir nicht, daß ich es überhaupt kann, dachte Jai blitzhaft. *Er ist überzeugt, daß es nur ein Witz ist, ein Erlebnis, eine Erfahrung, ein gerissener Bluff.*

»Du bist ziemlich schnell aus meiner Wohnung verschwunden«, sagte Hesse lachend. *Und völlig unbekümmert.* »Von dort hierher ist ein ziemlich weiter Weg. Hast du dich nur hinter der nächsten Ecke versteckt? Oder bist du geflogen? Nicht, daß ich mir darüber Gedanken machen würde.«

Jai sagte darauf nichts. Es gab eine gewisse Verwirrung, aber er war zu müde, um sie erfassen zu können; es konnten auch keine ernsthaften Schwierigkeiten sein, denn sonst hätte der Mann jetzt schon etwas unternommen; also konnte er warten. Er wollte noch hundert Meilen hinter sich bringen, ehe er schlafen würde.

»Danke«, sagte Hesse großspurig, »es ist ein guter Witz.« Er berührte seine Pistole, drehte sich um und ging steifbeinig davon. *Er will auch nach Hause gehen, er ist nervös. Natürlich. Er glaubt, und doch glaubt er nicht.* Jai drehte dem Mann den Rücken zu. *Ich muß ihn überwachen. Werde ich ihm ständig drohen müssen?*

Hesse war dreißig Schritte gegangen und hatte sich in der Dunkelheit verloren. Jais Augen waren momentan vom fluoreszierenden Licht geblendet. In einer Entfernung von dreißig Schritten nahm Hesse seine Pistole heraus, und eine Sekunde bevor es geschah, sah Jai, *wie* es geschah.

Des Mannes Bild zerbrach und fiel zusammen; es sah aus wie ein fotografischer Trick; die Hälfte seines Gesichtes und Körpers rannte in einer ungeheuren Angstexplosion in die andere Hälfte. In wahnsinniger, angstvoller Dummheit schoß Liu-Hesse *auf den Mann, der ihm seinen Job wegnehmen wollte, den Zivilisten, der ihn in Gefahr gebracht hatte, auf den Narren, der die Kraft und die Macht hatte.* Und da stand er nun mit seinem aus den Fugen geratenen Gesicht und Körper, hatte die Pistole in der Hand und schoß, während Jai Vedh, der sich in das Gras hatte fallen lassen, gegen Liu-Hesses irren Geist drückte und auf den Sickerriß hämmerte, damit das Sickern aufhören sollte, und das war deshalb so schrecklich seltsam, weil er so bestürzt und so unendlich müde war.

Hesse verschwand wie eine mathematische Übertragung, die zu immer einfacheren Formeln wird. Jai rief laut »Victor?«, aber was ihm antwortete, waren nur das Gras-Bewußtsein und das Stein-Bewußtsein und die kleinen, heißen Punkte der Geschosse, die im Gras lagen. Das Feld war mit ihnen übersät.

Jai ging zum Toten; dessen Gehirn hatte schon begonnen, sich zu vereinfachen, und der Körper fing schon an, sich aufzulösen. Er berührte ihn an der Brust, den Armen, dem Gesicht, dem Leib und versuchte zu denken, was er getan hatte, als er ihn tötete, und ob er es vielleicht ungeschehen machen könne. Hesse lag mit ausgestreckten Armen und Beinen im Gras und hatte Mund und Augen weit offen. Es war ein armseliger und beängstigender Mechanismus.

Jai sammelte die Feuerkugeln ein und schob sie in einen Beutel mit Papieren, den Hesse um den Hals getragen hatte. Dann schleppte er die Leiche zum Schwebewagen und schob sie hinein. Das Fleisch war noch weich, aber im Körper gingen seltsame Dinge vor sich.

Jai verstand genug von Maschinen und wußte, wie er den Wagen in die Luft bringen und geradeaus fliegen lassen konnte. Er ließ also den Schweber mit dem komischen Ding als Passagier nach Süden in Richtung Pazifik los, und die Luftstromschürze des Wagens schleifte endlose Meilen weit über Häuser, die alle in Laub und Buschwerk begraben waren. Manchmal ging der Schweber auf Zickzackkurs, um anderen Verkehrsteilnehmern auszuweichen, und alle fünf Minuten zirpte der Fahrtschreiber.

»Wir sind jetzt über Blank«, sagte der Fahrtschreiber. »Jetzt haben wir Blank passiert... Wir kommen jetzt nach Blank. Wir müssen eine Schleife fliegen, um Blank zu umgehen.«

Jai schlief unruhig, und das komische Ding neben ihm wurde immer steifer. Er fühlte, wie die Verwesung allmählich einsetzte. Zwölf Stunden später und fünfhundert Meilen über dem nördlichen Pazifik schloß er die Maschine kurz und fuhr den Wagen unter Wasser; er schnallte die Leiche fest und wartete solange im Wagen, bis er sich mit Wasser füllte und zu sinken begann. Victor Liu-Hesse konnte gefunden und geborgen werden, aber dann konnte niemand mehr feststellen, wie lange er schon tot war. Oder wie er gestorben war.

Jai kehrte zur kalifornischen Küste zurück, wo es jetzt warm sein mußte, und dort weinte er auf dem künstlichen Sand eine Weile – dummerweise. Dann würgte es ihn, obwohl er seit mehr als einem Tag nichts zu essen gehabt hatte.

Er rückte ein Stück weiter, damit er schlafen konnte. Es war ein Sommernachmittag, und er befand sich an einem öffentlichen Strand, welcher der Erholung diente, wie übrigens alle Strände. Die Leute drängten sich aneinander, Leute, die einander liebten, Nudisten, Familien mit Schutz- und Reinigungsgeräten und elektrischen Zäunen, die ein mutiger Bursche leicht durchschneiden oder überklettern konnte. Überall gab es Sicherheitskabinen, in denen die Leute sich verstecken konnten, um die Polizei zu rufen, und es gab sehr viele Gruppen.

Jai schlief nackt; er trug am Handgelenk nur seine teure Kennmarke. Niemand paßte auf ihn auf.

Lärm. Musik. Grelle, zuckende Lichter. Er glaubte, man schlüge sich über seiner Leiche. Er lag auf Sand oder einem Boden und schlief mit ausgebreiteten Armen und Beinen, wie ein Stück Holz. Er dachte; sie sagten: halt ihn fest, halt ihn fest, und jemand streichelte ihn, hielt seinen Kopf und sagte immer wieder: »Schlaf, du erschöpfter, zerschlagener Mann, schlaf nur. Yang, nur Yang. Schlaf, schlaf, nur Yin.« Die Lichter spielten über seine geschlossenen Augen mit übertriebener Langsamkeit, verloren sich an seinem Kinn: purpurn, grün, blau, rot, gelb, weiß; und auch Bilder waren da, lauter altmodisches, törichtes Zeug. Vom vorigen Jahr ...

Er lag mit dem Kopf im Schoß einer Frau, wie in einer Wiege, und eine Menge Rauch war um ihn herum, und die Leute schoben und stießen einander. *Jingle-bonk*. Er konnte die Augen nicht öffnen. *Jingle-jingle-bonk*. Verrückt, reiner Wahnsinn. Vielleicht hatte man ihn unter Drogen gesetzt. Der Gedanke tauchte vage in seinem Kopf auf, denn die nackte Frau, in deren Schoß sein Kopf lag, strahlte ungefähr soviel Sex aus, wie ein struppiger kleiner Hund. Er nahm ihren starken Geruch auf, weil sie Drogen genommen hatte. Vielleicht konnte er nun bald ganz aufwachen. Er wollte nicht ewig im Schoß der Erdenmutter liegen und ihr zuhören, wie sie *Yang-Yin* wie ein Papagei oder wie ein Tonband wiederholte, denn das war entwürdigend.

Irgendwo fühlte er einen kleinen, verwirrten, überreizten Teil ihres Geistes; das stellte er voll Interesse fest. Vielleicht war es der Rauch, der von ihm wegschwebte, große Moleküle, die aneinander stießen und voneinander abprallten und so kompliziert waren, wie ein ein uraltes Dampfschiff und nur die kräftigen, lebenstüchtigen, klugen Moleküle wurden durchgelassen.

Ich bin kein Chemiker.

Ich wette, die Dicken, Fetten, sind dieses Zeug.

Unglücklicherweise sind diese Leute so vergiftet, daß sie sich gar nicht mehr erinnern können, womit sie sich vergiftet haben. Vielleicht ist es am Boden besser.

In einer Zone reiner Luft kroch er aus dem Schoß der Erdenmutter auf den Sand. Sie keuchte und hatte einen Schluckauf. Wie eine Schlange, der besseren Konzentration wegen mit geschlossenen Augen, kroch er zwischen den Tänzern durch und prüfte die Luft, die er atmete. Jemand stieß nach ihm. Er atmete tief ein, und da schoß ihm der Gedanke durch den Kopf: *»Diese Leute haben die Absicht, mich zu ermorden*, und ehe sich noch der Nebel in seinen Lungen auflöste, riß die geblähte Kuppel über ihm von einer Seite zur anderen auf. Sie war von der Art, wie man sie mit Campingausrüstungen verkaufte. Er dachte: *Ich hätte sie ja auch anzünden können.*

Er war von rhythmisch klatschenden Händen umgeben. Er kicherte. Er sah sich selbst mit ausgebreiteten Armen daliegen, und sein Herz hatte man ihm — es rauchte noch — aus der Brust gerissen. Kalte Luft, die von der See kam, wirbelte im Rauch, und ein nackter Tänzer fiel auf ihn. Jai rollte sich schwerfällig weg. Taumelnd kam er auf die Füße, stieß den Mann in die Seite und rammte seinen Kopf einem anderen in den Magen. Zu seinem Erstaunen fiel der Mann zu Boden.

Nun duckte sich Jai zwischen den Tanzenden durch, wie sein Aikido-Meister es ihn einmal gelehrt hatte und krachte in den Lichtprojektor, dessen winziger Dreifuß ihm zwischen die Beine geriet. Er sah sich wieder selbst als geopferter Aztekengefangener; die Vision zog sich zu einem Punkt zusammen; Jai pflügte gedankenlos dem Wasser entgegen, und der feurige Punkt folgte ihm, bis er in einen Mann ausbrach. Sein Verfolger setzte sich nieder und begann weinerlich an einem Pfeil zu rupfen, dessen Spitze leicht in seiner Wade steckte. Einer der Trommler schrie dramatisch: »Nein, nein, nein!« Und dann schwieg er plötzlich, als wisse er nicht, was er noch weiter sagen sollte.

Der Tanz hörte auf. Die nackten Leute sahen sich zögernd um, und ein paar schlenderten davon. Dann rannten einige, etliche verschwanden in Sicherheitsboxen, immer mehr. Der Mann mit dem Pfeil in seinem Bein hinkte davon, aber ein anderer Pfeil surrte heran und traf ihn im Rücken, so daß er zu Boden fiel. Aus der Dunkelheit zwischen den grünen Nachtlichtern der Sicherheitskabinen und dem fernen Glühen anderer Kuppeln, anderer Feuer, kam etwas sehr heimlich herangeschlichen und hatte einen Bogen gespannt. Ein Kohlenbecken flammte auf und rauchte auf dem verlassenen Sand, aber Jai brauchte seine nachtblinden Augen gar nicht. Er spürte zusammengedrängte Intelligenzen Heranwachsender, die wie Glühwürmchen an den nahen

Felsen hingen. Ah, sie liebten das Versteckspielen! Der Geheimnisvolle, ein einzelner Funken, der vor Erregung nahezu atemlos war, malmte hinter Jai laut mit den Zähnen, und seine Freunde lieferten dazu das laute mentale Geschnatter. Er zog die Bogensehne an und dachte!

Mein Lieber, das sind Neo-Azteken. Die hätten dich umgebracht.
Sie verdienen zu sterben.
Verdienst du zu leben?

Vor der Küste krachte die Flut gegen die Felsen, die in der Dunkelheit weiß schimmerten. Jai ließ den Jungen nahe an sich herankommen, und dann wich er seitlich aus, als sei das ganz natürlich. Er bewegte sich wieder, als der Junge sein Ziel gefunden hatte. Am besten wäre es wohl, kein Aufsehen zu erregen. Er drehte sich so um, als habe er gerade etwas gehört und schaute dem Jungen fest ins Gesicht, obwohl er überhaupt nichts sehen konnte. Sein Gesichtsfeld zuckte schwarz von den Flammen des Kohlenbeckens, und vor ihm schwärmte ein überlagerter Satz von Geisterflammen auf einem Nichts. Durch die Augen des Jungen sah er die Silhouette eines Kohlenmannes vor einem Feuer, die eines nackten, erwachsenen Mannes.

»Du«, sagte er, »Wolfsjunge! Markiere doch den Mann mit einem Sicherheitszeichen!« Es herrschte einen Moment lang Schweigen, und dann antwortete eine erstaunlich junge, kühle Stimme:

»Mensch, ich hab' dich im Ziel.«

»Dummkopf«, sagte Jai unwillkürlich. Der Junge hob wieder seinen Bogen an und spannte die Sehne. Jai Vedh, der sich in dieser Welt der Ereignisse mit einemmal ungeheuer unbehaglich fühlte, berührte den Bogen, und der Junge schrie. Der Pfeil war zu kurz für seinen Arm, hatte sich gelöst und war ihm durch die linke Hand gedrungen. Wie gelähmt stand er da und stöhnte ein wenig. Der Schaft ragte fast eine Handbreite über den Handrücken hinaus. Jai rannte entsetzt vorwärts.

»Rühr mich nicht an!« schrie der Junge. Er zog ein Messer und trat ein paar Schritte zurück. Seine Freunde, die mehr denn je marschierenden Insekten glichen, trieben dem Strand entgegen: hüpfende Lichtkugeln, lässig, in unregelmäßiger Folge. Sie waren wohl sehr interessiert, ließen sich jedoch Zeit. Der Junge hatte die Zähne zusammengebissen und ließ Jai nicht aus den Augen; er versuchte die Plastikfedern von seinem Pfeil zu hakken, doch das schmerzte so, daß er den Versuch aufgab. Die Hand blutete sehr stark. Er stand aufrecht da und zückte das Messer gegen Jai. Als die anderen herankamen, wurde er ohnmächtig. Sie umstanden ihn im Kreis und sahen zu, wie er blutete. Einer sagte ernsthaft: »Jeder muß auf sich selbst aufpassen.« Ein anderer sagte: »Du bist mit ihm fertig geworden, du kannst einer von uns sein«, und dazu kicherte er und stieß den sterbenden Jungen mit dem Fuß an. Jai las in ihren Geistern nichts Ungewöhnliches, aber in ihren Taschen hatten sie Verbandzeug. Das nahm er dem neben ihm stehenden Jungen ab, kniete neben dem Verletzten nieder, zog den blutigen Pfeil heraus und verband die Hand.

»Das kannst du doch nicht tun«, sagte jemand erstaunt. Alle sahen einander an. »Ivat war der Beste«, sagte ein Mädchen. »Armer Ivat.« »Aber so geht es eben«, wußte ein anderer, der vielsagend die Achseln zuckte.

Jai hob den Jungen auf, und sie schlossen auf und hoben die Bogen. »Ihr seid aber lausige Schützen«, sagte er zu ihnen. *Legt das Zeug weg.* Er schloß die Augen und schritt wütend unter ihren gelähmten Armen durch. Er entließ sie erst dann aus ihrer Lähmung, als er mit dem Jungen die Sicherheitsbox erreicht hatte; sie bestand aus geformtem Polymer, bot Raum für einen und stand auf Kufen im Sand.

Innen war ein Sichtschirm, der aufleuchtete. Auf ihm stand:

ES WIRD EINE KURZE ZEIT DAUERN, DENN DIE SICHERHEITSTRUPPE IST FÜR DIE GANZE METROPOLIS KALIFORNIEN ZUSTÄNDIG. WILLST DU WARTEN, GIB DEINEN NAMEN UND DEINE ADRESSE AN, DAMIT DER SICHERHEITSTRUPP SO SCHNELL WIE MÖGLICH VERBINDUNG MIT DIR AUFNEHMEN KANN. WENN NICHT, VERLASS BITTE DIESE BOX SO SCHNELL WIE MÖGLICH, DENN SIE KÖNNTE VON ANDEREN GEBRAUCHT WERDEN.

Neben dem Sichtschirm war der übliche Schlitz für die Kennmarke. Er überlegte, welche automatischen Geräte er betätigt hatte, als er die Box betrat, und dann dachte er an das sterbende Kind auf seinen Knien. Er steckte seine Kennmarke in den Schlitz, wählte einen Schwebewagen, ein Krankenhaus und einen Wohnsitz und drückte auf den LEER-Knopf, um nicht in Stücke gerissen zu werden, wenn er die Kabine verließ. Er ging hinaus, als er den Schwebewagen landen hörte. Und jetzt hatten sie ihn, wenn sie ihn wollten.

Ivat mußte wohl, so vermutete er wenigstens, zu jemandem oder etwas gehören, aber der Anhänger für Jugendliche um des Jungen Hals trug die Aufschrift MITGLIEDSCHAFT AUF VERLANGEN GESTRICHEN und nur den einen Namen *Ivat*. Du hast, auch als Vierzehnjähriger, auf der alten Erde getan, was du wolltest . . .

Der Schweber raste über den Sand und wirbelte ihn auf. *Mein Gott, bin ich hungrig!* Jai schaute auf seine Kennmarke am Handgelenk, um sich daran zu erinnern, wer er war, taumelte ein wenig — das sterbende Kind war ihm merkwürdig vertraut —, fing sich wieder und stöhnte fast vor Lachen. Victor Liu-Hesse war ein studierter Mann gewesen. Er konnte Griechisch und Französisch, beides nicht schlecht, und die Marke selbst war richtig und ehrlich, auch nicht schlecht. Sie war Liu-Hesses privater Scherz gewesen. Kaum jemand würde die Worte erkennen:

TELE LANDRU

Mein Gott, welch ein erschreckender Sinn für Humor!

Er sah, wie Ivat wie ein Paket in das Krankenhaus verfrachtet wurde, und ging dann zu seiner Wohnung. Er aß, verschaffte sich Kleider, überdachte seine Freunde, seine Hobbys, die Einkäufe der letzten Jahre, drückte auf den Knopf für äußerste Ruhe und schaltete alle visuellen Eindrücke ab, schlief und wachte auf, säuberte sich mit dem Handultrasonic, kleidete sich an, schlief und wachte wieder auf. Neben einem holographischen Wandbild des Weißen Sees in der Wüste Gobi nahm er sein Frühstück ein, als auf dem Korridor draußen etwas zu hören war. Gleichzeitig leuchtete der Sichtschirm über seinem Bett auf. Die ganze Nacht hindurch waren Leute über seinem Kopf und unter seinem Fußboden und nebenan herumgelaufen, aber dies war jetzt etwas Neues. Er drückte schnell auf den Informationsknopf, daß die Wohnung abgesperrt war. Unter der Tür kroch ein Gedanke durch, der unbeschreiblich grinste, und er mußte lachen. Er drehte den Schalter auf OFFEN und Ivat, dessen Schatten nun flach über dem Bett erschien, übertrug sich selbst auf die Person des Fremden und erschien draußen vor der Schiebetür. Er drängte sich sofort mit seinem Bogen durch. Seine

Hand war verbunden. Er legte den Schalter auf GESCHLOSSEN um und rückte über Jais Frühstück SPERRE. Dann hielt er ihm seine verbundene Hand hin.

»Nimm das ab!« verlangte er.

»Nein!« antwortete Jai. »Aber komm herein.«

»Ich bin doch drin.« Der Junge warf sich ärgerlich auf das Bett. Das Bett sah wie ein Fisch aus und Jais Stuhl wie ein Pilz. Sonst war nichts im Raum, aber ein Wandstück ließ sich zu einem Eßtisch herunterklappen, und hier waren auch alle Instrumente und Geräte und Schalter für Strom, Abfall, Atmosphäre, für Verkehrs- und Nachrichtenverbindungen und für Einkäufe untergebracht. Es war so eng, daß jeder, wo er stand, nur die Arme auszustrecken brauchte, um beide Raumseiten berühren zu können.

»Feigling!« schrie Ivat. »Hast du vielleicht geglaubt, mein Geist ist hinter dir her?«

»Ja«, antwortete Jai. »Willst du etwas essen?«

»Nein«, erwiderte Ivat. Er mochte das Wandbild nicht und spielte ständig daran herum, sehr zu Jais Mißvergnügen. Jai überlegte, was Liu-Hesse wohl damit gemeint hatte, als er von »wertvollen Entdeckungen« sprach, die jemandem aus seiner Arbeit zukamen. Hier in diesem Wohnraum war doch nichts, was nicht schon fünf Jahre vorher in einer anderen Form hier gewesen war. Mit einer Ausnahme vielleicht: Er selbst. Ivat verhielt sich sehr leise, um seine Feinde kommen zu hören. Er sah Jai düster an.

»Ich hab' dir doch gesagt, du sollst diese Bandage abnehmen«, sagte er mit leiser, gefährlicher Stimme. »Du hast mich in diesen Schlamassel gebracht!« *Sein grauer Anzug ist eine Imitation.* »Verdammt, verdammt!« schrie der Junge. *Wie merkwürdig, daß niemand jemals die Fachleute mit Namen nennt, als Klasse etwa.* Ivat warf sich auf das Bett und wimmerte ein wenig, als seine verbundene Hand an die Wand schlug. Und so blieb er dann einige Minuten lang zufrieden liegen.

»Was hast du getan?« fragte er nach einer Weile.

»Geschlafen«, antwortete Jai. »Die Nachrichten gesehen. Gegessen.«

»War etwas los?«

»Nichts, nur Kultur und Soziales.« Jai sprach mit fast geschlossenen Augen. »Einen Aufstand gab es. Und eine Diskussion über Kunst. Nichts.« *Eine Menge farbiger Punkte.*

»Wir sind übereingekommen, daß du ein Psi bist, Mensch«, sagte Ivat.
»Ah?«
»Ja. Es ist klar, daß Aries deine Geburtsstunde beherrschte, und deshalb hast du Psi. Hast du irgendwelche Psi-Erfahrungen?«
»Aries?«
»Nun ja, Widder, das Sternbild. In unserer Gesellschaft«, fuhr der Junge fort, »muß jeder auf sich selbst aufpassen. Es ist ihm nicht erlaubt, sich irgendwo einzumischen. Du hast mich da zeitweise in schlechtes Licht gebracht, aber das kann ich schon wieder hinbiegen, unlogisch zu sein. Wenn du kein Widder bist, mußt du aber eindeutig ein Skorpion sein, der vom Widder stark beeinflußt wird, und deshalb mußt du Psi-Kräfte haben. Hast du irgendwelche Erfahrungen?«
»Nun, ich glaube nicht«, erwiderte Jai, und Ivat schwieg.
»Ha, aber du bist doch wirklich eine ganze Weile weg gewesen, was?« fragte Ivat nach einiger Zeit.
»Ja, ich war weg.« Er griff an Ivat vorbei und schaltete das Wandbild um auf eine Ansicht des Palmer Archipels. »Ich suche jemanden«, erklärte er, und er sah durch Ivats Augen, daß das Wandbild eine überzeugende Darstellung war; für ihn war es — ohne Masse, ohne Geruch, ohne etwas zum Ertasten — weniger als ein Geist. Sein Gehirn verwischte es zu einem Moirémuster. »Jemand von einem anderen Planeten.«
Ivat schrie, *ich gehe mit dir! Ich will mitkommen!* Aber Jai schaute nur auf seine Kennmarke, nicht auf die Gestalt vor ihm, um etwas mehr über den Jungen zu erfahren. Seine Hobbies waren: Psychotherapie des freien Falls, Küche, Dämonologie. Er sagte: »Darf ich mal mit dir vergleichen? Diese Person glaubt an Psi. Sie glaubt, wenn du Wärme kontrollieren kannst, kontrollierst du auch Bewegung; kannst du Bewegung kontrollieren, kontrollierst du Masse, das bedeutet, daß du Energie kontrollierst, und beides heißt, du kontrollierst die Schwerkraft. Hat diese Person recht?«
»Nein«, erwiderte Ivat. »Schlechte Theorie. Klingt ja wie von Fischen. Wie ist sie denn?«
»Verspielt«, antwortete Jai. »Sehr verspielt und unzuverlässig. Wirklich. Aber kein Fisch. Du gehst jetzt besser deine Wege.« Er schaltete das Wandbild ab, das ihn zu stören begann und faltet den Frühstückstisch in die Wand zurück.

Paß auf. Der Mensch ist ein fatalisierter Affe. Das ist Fortschritt.
Werde ich zu verspielt? Dann warne mich.
Sie spielten und logen und amüsierten sich, alle waren so. Und wir waren ihre Narren. »Ich kann eine Meile mit einem Hüpfer zurücklegen«, sagte jemand, und ich selbst kann es jetzt viel besser.
Paß auf. Vielleicht versuchen wir doch nicht, sie zu finden ... Lügen, lauter Lügen!
»Ich muß zugeben«, sagte Jai, »daß mir an deiner Gesellschaft nicht außerordentlich viel liegt. Geschäft ist Geschäft. Ich bin froh, daß es dir gut geht. Leb wohl.«
»Zum Teufel, das ist mir doch egal«, antwortete Ivat.

Jai nahm den ersten Elevator zur Oberfläche, wußte jedoch, daß der Junge ihm folgte. Ivat war über irgend etwas ungeheuer verletzt und bestürzt. Und rastlos war er, denn er murmelte vor sich hin und biß sich auf die Lippe. Mit beiden Händen griff er nach dem Geländer, als die Plattform nach oben schoß, und er schloß die Augen, um nicht die Wand sehen zu müssen. Als das Ding hielt, hatte er Magenschmerzen. Vorsichtig lief er oben dahin, wandte den Kopf hierhin und dorthin, ging im Zickzack, besah sich die Leute und schätzte ihre Grenzen ab, und der Bogen auf seiner Schulter wurde ihm sichtlich unbequem. Auch seine Hand konnte er noch nicht richtig gebrauchen. *Er riecht sogar heranwachsend.* Vierzehn. Andere Erinnerungen, andere Prahlereien, genau auf den immer geschäftigen Ivat zugeschnitten und aus ihm herausquellend wie Ektoplasma. Ivat muß einmal vorstehende Zähne gehabt haben. *Ziemlich schwierig, die Aufmerksamkeit auf das Äußere der Menschen zu konzentrieren.*
Jai, schon etwas gelangweilt, blieb an einem privaten Stand vor einem Haus stehen, in dem handgedruckte Bücher verkauft wurden. Er überflog die Liste an der Wand: Aviation, Alabaster, Agnostizismus, Akonit. Die allgegenwärtigen Gemüse erbitterten ihn, weil sie so sinnlos waren. Jemand hatte neben dem Stand eine Reihe Karotten gepflanzt, und irgend jemand, der wegen der Bücher kam, würde sie ausrupfen.
Das Mädchen im Stand war verliebt. Liebe, Liebe, Liebe, stand ihr auf der Stirn geschrieben. *Die Bücher würden verkauft wer-*

den, aber man würde ja mehr davon herstellen können, darum ging es doch eigentlich ... Ivat war von den Büchern fasziniert und blieb stehen. Er sah sie für einen Moment an. »Was ist das?« fragte er. »Kunst«, antwortete sie, öffnete dabei aber kaum die Lippen. Sie versuchte Ivat zu berühren, doch er zuckte zurück. Jai fühlte sich niedergeschlagen und wollte nur in den Himmel schauen, aber er hatte das Gefühl, er könne, ohne es zu wissen, hinter dem Rücken der Leute levitieren. Seine Schultern schmerzten von den vielen Zusammenstößen. *Ich bin keine Berührung mehr gewöhnt.*

Ivat faßte sich endlich ein Herz und stellte sich ihm an der Mauer eines Drogencenters, das deshalb über der Erde errichtet war, weil die Häuser unterirdisch waren, ein kleiner Wald von Nichtigkeiten, Rüschen, Fähnchen, Plastik, Tageslicht, überdacht mit Rasen und umwunden mit Lianen wie ein Feenkarussell. Nur ein paar Drugstorehütten waren zu sehen und die Dekorationen, sonst fiel gar nichts auf. Ivat hielt ein handgebundenes Buch, das in seinen feuchten Fingern nahezu auseinanderfiel.

»Stell dir vor, ich bin dir direkt in den Weg gelaufen. Was ist das?«

»Ein Buch«, sagte Jai.

»Waaas?« fragte Ivat.

»Das ist fast wie ein Tonband«, erklärte ihm Jai geduldig. »Aber ich kenne jemanden, der das viel besser macht. Der Einband ist ja ganz hübsch und mit eingepreßten Goldlinien verziert. Siehst du?« Er nahm das Buch und begann darin zu blättern. Einige Blätter lösten sich: schlecht geleimt. »Das ist handgeschrieben«, sagte Jai. »Von jemandem kopiert.«

»Das ist aber ziemlich schlecht gemacht«, stellte Ivat fest. »Ich hab's zu lesen versucht. Warum machen sie nicht etwas, das auch zusammenhält?«

»Sie sind kreativ«, sagte Jai. »Sie machen sie selbst.« Und er streifte die handgepreßten Plastikblätter von der Innenseite. Den Einband behielt er. Es war die Kopie von etwas, an das er sich vage erinnerte; wahrscheinlich hatte er es in einem Museum gesehen. Die Erinnerung wurde stärker, als der Einband an sich, der nun ziemlich amateurhaft aussah, und deshalb ließ er das Ding ins Gras fallen.

»Ah, der irrational kreative Geist«, sagte Ivat. Einen Moment lang herrschte verlegenes Schweigen. Jai glaubte schon, der Junge würde weinen. »Entschuldige«, bat Ivat. »Meine Hand.« Er lief in einen der Drugstores, und Jai sah ihn, wie er etwas in den Mund schob. Ivat kam kauend heraus und rieb sich das Gesäß.

»Arvetinol ist ja gar keine *richtige* Droge«, sagte er und runzelte die Brauen.

»Gedankenklärer«, sagte Jai. »Natürlich nicht.« Er wünschte, er brauchte nicht so klar in des Jungen Kopf zu sehen. Er hatte eine gesunde Angst davor, des Jungen Gesicht zu berühren, und allmählich war er sogar davon überzeugt, daß er viel zu mitleidig wurde, als daß er sich weiter durchs Leben schlagen konnte. Er spürte Ivats Tränen in seinen eigenen Augen und Ivats schwankende Benommenheit als Zittern in seinen Gliedern; er hatte keine Lust, ein so pathetisches Wesen zu riechen, zu hören, zu fühlen oder damit herumzulaufen.

»Hilf mir, den Schmerz leichter zu ertragen«, sagte Ivat viel zu laut. »Und vernünftig zu bleiben, weißt du... Ab und zu mal.« Jai nahm seinen Ellbogen, und der Junge plapperte weiter über Astrologie, entleerte seine Blase gegen eine Wand und sagte, davon würde das Gras wachsen. Er war ziemlich unsicher auf den Beinen, *doch er reißt sich zusammen*, dachte Jai, und vor Anstrengung zeichneten sich am Hals des Jungen die Sehnen ab.

»He!« sagte er und schob ein wenig Gras über das Pfützchen. Der nüchterne Ivat hatte also nicht zuviel von dem Gedankenklärer genommen, der ihm alles als Weisheit hätte erscheinen lassen.

»Warum trägst du ein Blatt mit dir herum?« fragte Ivat.

»Ich kann's entbehren«, antwortete Jai und ließ es fallen. Er nahm Ivat wieder beim Ellbogen, aber der Junge mußte erst sorgfältig seinen Reißverschluß zuziehen, und dann gingen sie an den Leuten vorbei den Weg entlang, an den Häusern vorüber, an den Blumen, und es war immer dasselbe. Jai sah ihn eintauchen in die Nebelbänke der Menschen und wieder aus ihnen auftauchen, aber der Eindruck ließ sich nicht wegwischen, daß sie allein zusammen in einer verlassenen Straße waren, in einem Gäßchen, das mit Unkraut, Gras und Moos überwachsen war.

»Wann fängst du endlich an, diese Person zu finden?« fragte Ivat.

Jai, der keine Antwort hatte, sagte nichts.

»Wozu willst du sie denn überhaupt?« fragte Ivat, und als er auch darauf keine Antwort bekam, blieb er stehen und hustete in seine Hand. Er schlug sich selbst dramatisch auf die Brust.

»Ich werde sterben«, sagte er. »Ich passe nicht auf mich selbst auf, weil andere Dinge viel wichtiger sind, verstehst du?« Aber auch jetzt bekam er keine Antwort, und von Jais glattem Gesicht ließ sich nichts ablesen. Aus einem kleinen Schuldbewußtsein heraus stieß er gegen die Mauer. Sein Inneres schmerzte ihn, und Jais Gesicht erschien ihm schrecklich: ein sonnengebleichter Bart, dunkle Haut, hellblaue, strenge Augen. Dieses Gesicht war wie ein Schild, der ihn überallhin begleitete; es schmerzte, in dieses Gesicht zu sehen, und Ivat, *der wohl den Verdacht nicht abschütteln kann, daß jemand, den er liebt, seine Gedanken liest,* wandte sich von diesem Gesicht ab und sagte mit gekünstelter Gleichgültigkeit:

»Bis dann also, du Sonnennarr.«

Zum erstenmal wurde sich Jai darüber klar, daß er die Ausdruckslosigkeit seines Gesichtes von Evne angenommen hatte, und das machte ihn lächeln. Deshalb sagte er auch zu dem Jungen, der sinnbildlich stöhnte und weinte: »Aber ich will dich nicht verlieren.«

»Stimmt, du bist ja hilflos«, sagte Ivat.

»Mein Name ist Landru«, sagte Jai.

»Du bist der Sonnennarr«, antwortete Ivat und fuhr nach einer von Ängsten versumpften Pause fort: »Magst du Parties, Sonnennarr?« Jai sagte nichts.

»Wenn man fünfundzwanzig ist, wird man müde«, stellte Ivat dann fest. »Sie taugen dann zu nichts mehr. Du bist viel zu verdammt alt. Ah, ist schon gut. Wir gehen zu ein paar Parties.« Sie schüttelten einander die Hände, und Ivat lachte.

»Wofür lebst du eigentlich?« fragte Jai, und Ivat lachte und sagte: »Kontrolle und Macht«, aber seine Seele fletschte Affenzähne. In dieser Antwort lag ein wenig Wahrheit. Jai, der Starke, fühlte, wie er damit seine Transparenz, seine Einfachheit verlor, und er duckte sich und lächelte dabei. Er wußte, was er mit Ivat tun würde. Der Junge drehte sich geistig ohne die geringste Anstrengung oder die kleinste Bewußtheit um und zeigte seine andere Seite: töricht, prahlerisch, voll Abwehr, eingeschlossen in einen Sumpf der Zuneigung. Er pfiff leise. »Warte nur, bis du die Dummköpfe auf dieser Party siehst«, sagte er und Jai war amüsiert.

»Wo sind deine Eltern?« fragte Jai neugierig, und der Junge zuckte nur die Achseln. »Weiß ich nicht mehr«, sagte er. »Wo sind die deinen?«

»Weiß ich auch nicht«, antwortete Jai, und sie lachten. Sie kamen an Häusern vorbei, an hausgemachten Läden, hausgemachten Bächen, hausgemachten Brücken in Ruinen. Jai war ganz in Gedanken versunken und sah zwischen den Lungen des Jungen einen dunklen Schatten, der aussah, wie ein Flecken in einer Röntgenaufnahme, und das Ding war hart und hing zwischen dem jungen Fleisch, lebte damit und fraß sich satt an dem, wovon sich Ivats Ängste nährten, woran seine Scham litt, aber dieses Ding machte aus Ivat etwas Steinernes, Unberührbares, einen zweiten, alterslosen Ivat. Und das Ding wuchs. Vielleicht pickten ihn die Fachleute eines Tages auf und sagten ihm, was er doch schon wußte; aber dann machten sie aus ihm nur einen Killer. Jai sah in seinen Träumen, wie das Gesicht des Jungen sich verdunkelte, wie sich sein Weg verdunkelte, wie die Wände diesen Flecken aufnahmen. Er sah Macht und Kontrolle die Sonne verseuchen. Dann pfiff Ivat wieder, noch leiser als vorher, und alles fiel in sich zusammen.

Welche Augen! dachte Jai. *Die halbe Zeit sehe ich nichts, und die andere halbe Zeit verstehe ich nicht, was ich sehe.*

»Ho, wart nur, bis du diese schwammigen Einfaltspinsel siehst!« sagte Ivat.

Die ersten Leute, die sie besuchten, waren ein Paar, das Ivat zu reformieren wünschte, ein konservatives Paar, das in einem unterirdischen Tunnel lebte und destilliertes Wasser trank. Sie hatten eines ihrer eigenen Kinder aufgezogen, doch es war nach ein paar Jahren gestorben. Den zweiten Besuch machten sie in einem Gutscheinladen für Lebensmittel; die Gutscheine bekam man, wenn man eine Fabrik besichtigte. Dort fand eine richtige Party statt, und die Gastgeberin sah wie Olya aus. Sie sagte, die Waren seien zum Essen da, und sie selbst leihe sich an jeden aus. Ivat kicherte. Sie gingen wieder, als die Gäste damit begannen, auf dem Teppich Kokon zu spielen, weil sich der Junge nur unbehaglich fühlte.

Bei der dritten Party regnete es Konfetti aus der Decke: hier gab es knochenweiße Umrisse in gedämpftem Licht, und alles war sehr klassisch und streng, und die Wände waren mit körnigen, schwarz-weißen Bildern toter Kinder bedeckt. Es gab Musik mit Infrabaß, und Drogengeruch hing in der Luft.

»Wenn du Entsetzen fühlen kannst, lebst du«, sagte jemand.

»Das fühle ich. Schrecklich, schrecklich«, sagte ein anderer.

»Theoretiker«, schniefte Ivat verächtlich. Der Raum roch nach

Blut. Im Hinausgehen tauchte er seine Finger in etwas Warmes und saugte daran. Es war salzig.

»Und was tun sie dann?« fragte Jai ziemlich erschüttert.

»Sitzen und reden«, erklärte ihm Ivat. Aus dem Haus nebenan war ein Gesang zu hören:

Sind wir denn Schafe? Sind wir denn Schafe?

Und, wie erstaunlich! Ein Baby krabbelte im Hof herum. Jai wünschte von ganzem Herzen, es möge doch ins Haus krabbeln, nicht, weil er dem Baby nicht den Hof vergönnt hätte, sondern weil er ahnungsvoll die Gefahren sah, die dem Kind drohten, wenn es draußen bliebe.

Er stieß das Baby ein wenig an, doch es bewegte sich nicht; er legte – aus der Entfernung – seine Wange an die des Kindes, dann stieß er es kräftiger an – auch aus der Ferne – und schließlich schlüpfte er in den noch unentwickelten Klecks Leben in Windeln, und so krabbelten zwei im Hof herum, und ihre Windeln, die sich seit Jahrhunderten nicht verändert hatten, fraßen die Exkremente und trockneten wieder an der Luft. Er fühlte die Angst, er zog sie heraus und stellte sie zwischen sich und das Baby.

»Da schau nur!« sagte Ivat beeindruckt. »Aber jetzt wollen wir zu vernünftigen Leuten gehen.«

»Nein«, sagte Jai.

»Die werden dir aber gefallen.«

»Wir gehen«, sagte Jai. »Spazieren.«

Aber es gab keinen öffentlichen Platz, auf dem sie hätten spazierengehen können, und das hatte Jai vergessen. Ivats vierte Freundegarnitur lebte in einem versponnenen Märchenhäuschen wie alle anderen auch, aber sie hatten ihre Außenwände mit Plastikplatten abgedeckt. Ivat starrte sie lange an, ehe sie hineingingen.

Er bestand darauf, vorangehen zu wollen, und mit einem Druck der Handfläche öffnete er die Wände.

Das Wohnzimmer war eine Wiese. Glücklicher Ivat, der nicht alles durchschauen konnte; er setzte sich auf ein unstabiles Tsunami-Hologramm, das den Platz verbarg, wo auf den Boden ein Sitzrahmen projiziert war. Auf dem falschen Gras gab es eine dicke Kröte, einen Felsbrocken, einen Kirschbaum in voller Blüte, einen wasserspeienden Wal, alles hausgemacht.

Jai setzte sich auf den Wal. Ivat blinzelte. Er klemmte sich seinen Bogen zwischen die Knie. Dann klopfte er an die Wand, die sich öffnete; aus dieser Öffnung nahm er eine Tabakzigarette und einen alkoholischen Drink heraus.

»Konservativ«, sagte er. »Willst du eine, Landru?« Jai schüttelte den Kopf. »Aber sie sind echt.« Mit dem Schnippen eines Daumennagels zündete er sich die Zigarette an und nippte an seinem Drink. Er hustete. Jai war an synthetischen Tabak gewöhnt, und der Rauch in Ivats Kehle schmeckte auf seiner Zunge wie Unkraut und Farbe. Irgendwo im Haus bremste jemand eine Drehbank ab, ein anderer schaltete eine Nähmaschine aus. Jemand wusch die Hände, nahm einen Lift nach oben und legte die Handflächen auf jede Tür.

Sie trug ein schlafendes Baby. Lächelnd kam sie herein, trug ihr frisches, hübsches Gesicht vor sich her und sah mit dem Baby aus, wie das Bild ›Heitere Mütterlichkeit‹ unter den elektrischen Sternen in der Decke. Jai hätte schwören mögen, das Baby habe dies gesagt. Sie lächelte bedeutungsvoll Ivats Bogen an, und er grinste. Sie legte das Baby auf den Boden, entnahm ihrem Sarong einen Industrie-Edelstein und legte ihn sich um den Hals. Er sah aus wie ein ölig-gelber Karpfen mit ein paar Funken darinnen, doch er war schon halb tot. Jai erinnerte sich daran, daß diese Industriesteine gar nicht hübsch zu sein brauchten.

Ihr Mann mit dem chirurgisch verbesserten Profil trug den gleichen Edelstein. Er stand in der Iris der Tür und hatte ein selbstgebasteltes Gewehr in der Hand, ein Lähmungsgewehr, das für einen Elefanten gereicht hätte.

»Wir freuen uns doch, daß Ivat gekommen ist, nicht wahr?« sagte sie.

»He, ich weiß doch, wie ihr eure Zeit einteilt«, antwortete der Junge.

»Ja, wir folgen einem gewissen Zeitplan«, bestätigte die Dame. »Wir tun alles zu ganz bestimmten Zeiten. Weißt du, wir tun Dinge nicht einfach deshalb, weil wir einem Impuls folgen.«

»Das ist jetzt nämlich ihre Besuchszeit«, flüsterte Ivat.

»Vernünftige Leute«, sagte der Mann, »sind sich darüber klar, daß sie ihrem Leben Bedeutung verleihen müssen. Wir allein haben keine Bedeutung.«

Jai wußte nicht, was er darauf sagen sollte und nickte nur höflich. Der Mann lehnte sein Gewehr gegen den vollerblühten Kirschbaum, setzte sich auf den Felsbrocken und verschwand zur Hälfte darin. »Meine Frau«, sagte er und deutete auf die

Frau, deren behagliches Lächeln die Worte zu formen schienen: *Er kämpfte um mich und gewann mich.*

In dem nun folgenden kurzen Schweigen fühlte sich niemand unbehaglich.

»Du wirst bemerkt haben«, nahm der Mann die Unterhaltung wieder auf, »daß wir in unserem Heim natürliche Objekte reproduziert haben. Fotografisch getreu. Das ist sehr wichtig. Es ist heute möglich, völlig gedankenlos und lässig zu leben. Jeder hat seit den Tagen des großen Arbeitswechsel vor eineinhalb Jahrhunderten genug freie Zeit, und das Leben der Leute ist genau das, was sie daraus machen. Die Dummen und die Schlampigen lösen sich auf. Wir nicht.«

»Mein Mann . . .« begann die Frau.

»Halt den Mund«, fiel ihr der Mann ins Wort, »das ist nicht deine Rolle. Du spielst die gesellschaftliche Rolle der Frau, und die hast du jetzt gespielt. Jetzt ist das abstrakte Denken an der Reihe, und das ist die Rolle des Mannes.« Sie nickte ohne jeden Trotz, lächelte und machte eine einladende Geste zu Jai und Ivat. Als Ivat lachte, klopfte sie an die Wand und nahm ein Tablett mit Gebäck heraus. Wortlos bot sie es ihren Gästen an. »Bitte nehmt doch«, drängte sie nach einer Weile, aber sie wollten nicht, und deshalb schob sie das Tablett in die Wand zurück. Sie schloß sich. Der Mann polierte sein Gewehr mit dem Ende seines Sarongs, und man schwieg ein wenig.

»Am Morgen essen wir, dann wird geübt«, berichtete der Mann. »Ich übe meine Schießkunst, meine Frau das Kochen und Putzen. Dann essen wir wieder. Sie züchtet Blumen. Für eine Frau ist es sehr wichtig, den Kontakt mit wachsenden Dingen zu pflegen. Wir sehen die Nachrichten an — nicht, daß sie irgendwie sehenswert wären —, dann arbeiten wir an der Verbesserung der Inneneinrichtung des Hauses. Alle drei Monate wird sie nämlich gewechselt. Anschließend arbeiten wir an der Befestigung des Hauses. Ohne den Handabdruck deines Freundes wärst du jetzt nämlich tot. Am Abend fertigt sie dann unsere Kleider an. Wir wechseln sie jede Woche. Drei Abende der Woche kämpfe ich live bewaffnet oder unbewaffnet, obwohl ich mich da mit Leuten abgeben muß, mit denen ich sonst nicht einmal sprechen würde. Sie spielt mit dem Baby. Gewöhnlich, außer zu Besuchszeiten, wird das Baby in einer Kinderkrippe versorgt. Wir glauben nicht . . .« — Hier wandte er sich an seine Frau und fragte: *Woran glauben wir nicht?*

»Daß wir die Vorteile einer mechanisierten Gesellschaft mißachten dürften«, sagte die Frau. »Es ging um das Baby«, fügte sie hastig hinzu. »Das gehört mir ... Einmal im Monat sehen wir Unterhaltungssendungen.« *Der Tag wird kommen,* sagte der Mann lautlos und bezog sich dabei auf die Narren und Schlampigen der Welt. Ivat war betrunken und fragte klagend: »Willst du mir beim Schießen helfen?« Der Mann hob sein Gewehr, schob den Jungen vor sich her und sagte zu ihm, sobald sie außer Sicht waren: »Du kannst doch nicht schießen, wenn du betrunken bist. Ich werde ein Brechmittel wählen.«

Mann und Frau hatten nichts im Kopf. Sie waren ganz durchschnittliche Leute, die sich langweilten. Und es war auch ein ganz durchschnittlicher, langweiliger Tag. Die Frau warf Jai einen Seitenblick zu und öffnete den Sarong über ihren Brüsten. Sie hob das Baby auf, als wolle sie es stillen, legte es aber wieder weg.

»Eine Mutter liebt ihre männlichen Kinder am meisten, nicht wahr?« fragte sie.

Er dachte eine Minute nach, fand nichts Ungewöhnliches, keine Fremdheit, überhaupt nichts in ihr und sagte: »Nein.«

»Oh, männliche Kinder sind etwas Besonderes«, erklärte sie nachdrücklich, und ohne jede Vorwarnung warf sie sich auf ihn, der auf dem holographischen Wal saß, drückte ihre Brüste an ihn und flüsterte heiser; aber sie hatte kein Verlangen nach ihm, obwohl sie ihn bestürmte, er solle sie nehmen, ehe ihr Mann wieder zurückkäme. Sie versprach ihm unbeschreibliche Freuden, riß sich den Sarong ab und klammerte sich an seine Kleider, aber er fand trotz allen Suchens in ihr nur das allerschwächste Begehren. Ein Gedanke, den er fand, war nicht erotisch:

Tu's, damit mein Mann dich töten kann.

Und dann etwas ängstlicher:

Er will mit dir kämpfen. Das muß er. Dies ist die Rolle einer Frau. Bitte!

Aber sie vergaß, was sie hatte tun wollen und schlang sich wieder den Sarong um den Leib. Doch dann schien ihr der Gedanke erneut zu kommen, denn sie warf ihm wieder einen Blick aus den Augenwinkeln zu, hob das Baby auf und legte es zurück.

»Männliche Kinder sind die besten«, erklärte sie. »Nicht wahr?«

»Da kommt dein Mann wieder«, sagte Jai Vedh, der auf eine unmännliche Hysterie zusteuerte. Ivat folgte ihm; er war sehr blaß. »Landru, worüber lachst du?« fragte er scharf. Der Mann, der nichts zu wissen vorgab, es aber doch wußte, nickte kurz. »Zeit für das Privatleben und für Vertraulichkeit.« *Jetzt kopuliert ihr.*

»Was tut ihr jetzt?« fragte Jai laut, der höfliche Gast, der einer Verpflichtung nachkam.

»Nach der Besuchszeit«, antwortete der Mann, »essen wir und arbeiten an der Inneneinrichtung des Hauses. Ich mache die schwere Arbeit, wenn auch selbstverständlich die Frau ihren Anteil zu leisten hat. Kopulation ist . . .« Er schwieg, und Jai legte erstaunt die Hand auf seinen Mund. *War das ich?* Der Mann runzelte verblüfft die Brauen. »Besuchszeit vorüber«, kündigte er an und rief Ivat: »Arbeite an deinem Ziel.«

»Sagt mir«, bat Jai und legte seinen ganzen Geist in die Frage, »würde es sehr viel ausmachen, wenn ihr heute nicht an der Inneneinrichtung eures Hauses arbeiten würdet?«

Ivat versuchte ihn zum Schweigen zu veranlassen, doch Jai fuhr fort: »Ich meine, etwa aus Entgegenkommen. Wenn ihr zum Beispiel heute nicht am Haus arbeiten würdet, könntet ihr es doch morgen tun. Oder übermorgen. Euer Zeitplan ist doch nicht nötig. Und das Klima ist so nahe der Innenstadt auch kein natürlicher Grund, sich nach den Jahreszeiten zu richten. Warum spielt es dann eine so große Rolle, wie das Haus aussieht? Ein Fachmann könnte das in einer halben Stunde für euch tun. Und ihr habt doch gesagt, ihr tut es nicht eurer Freunde . . .«

»Halt endlich den Mund!« zischte Ivat.

»Und ihr selbst tut euch damit doch auch kein Vergnügen an. *Wem* wollt ihr also ein Vergnügen machen? Dem Mann im Mond?«

Der Mann nahm sein Gewehr.

»Mir scheint«, fuhr Jai unbeirrt fort, denn er war wie trunken von seinem Erfolg und schnippte den Geist des Mannes von seinen Händen weg, »daß die Wände automatisch aufräumen, und so könnt ihr also das Haus gar nicht unbewohnbar machen, nicht wahr? Warum übt ihr dann das Putzen? Warum kocht ihr? Doch nur zum Zeittotschlagen. Euer Zeitplan . . .« Die Frau geriet allmählich in einen Zustand panischer Angst. ». . . ist doch, wie ihr zugebt, eine völlig willkürliche Sache.« Und nun zog Ivat, der gar nicht lachte, Jay durch ein Labyrinth von Türen, fluchte entsetzlich mit seiner brüchigen Jungenstimme und sprang vor Wut, wie ein Irrer herum, während Jai sich vor Lachen schüttelte. Aber der Junge hatte Tränen in den Augen.

»Oh, du, du, du!« kreischte Ivat.

Jai packte ihn an der Kehle. »Ich will deinen Geist von innen nach außen drehen«, flüsterte er. »Ich will dich in Stücke reißen. Deine Freunde sind Schwindler, und ich bin zwanzigmal stärker als sie! Zwanzigmal zwanzigtausendmal!« Ivat gurgelte vor Wut.

»Du hast in mir einen Guru der höchsten Grade gefunden«, fuhr Jai listig fort, »der deine Elefantengewehre und Flitzbogen zu Kinderspielzeug degradiert. Dein Glück kann der Teufel holen!« Er lachte wieder. »Der Teufel soll es holen, und du kannst ihm bis zum Ende deines Lebens dafür danken! Ich will dich lieben und dich lehren, ein Drache und ein Tiger zu sein! Was meinst du dazu? Ich will dich zu einem Mann machen, zu einem glücklichen Mann, der jedem anderen ins Gesicht lacht und alle Waffen bricht und gegen alle Pläne und alle Regeln dieser Erde verstößt! Mensch, du wirst deinen Weg zum Himmel lieben lernen. Und jetzt gehen wir irgendwohin.«

»Hm«, knurrte Ivat, aber die Versuchung lockte.

»Wir gehen.« Jai atmete tief, sah sich um und deutete. »Dorthin, komm, oder ich zwinge dich dazu.«

»Ich mag nicht«, sagte Ivat.

»Doch, du willst«, beharrte Jai.

Sie nahmen einen Elevator in den Untergrund und gingen eingehängt weiter, um zu zeigen, daß sie zusammengehörten. Die Tür schloß sich hinter ihnen; es war sehr eng. Siebenundneunzig Menschen befanden sich in der Kabine. Ivat klemmte den Bogen zwischen seine Knie.

»Was würdest du mit einem Mörder tun, Landru?« fragte Ivat nach einer Weile. »Weißt du das?« Die Kabine bog unter den Meeresboden.

»Weiß nicht«, antwortete Jai. *Sei doch still. Gott, ich bin scharf! Dieses eiskalte Weib* . . .

»Ablenken würdest du ihn«, sagte Ivat. »Genau. Mörder haben keine Ausdauer. Die Statistik sagt, daß achtundneunzig Prozent aller Mörder Irre sind. Wenn man sie also ablenkt, erlischt ihr Impuls . . . Wohin gehen wir?«

Jai gab die Koordinaten. Die See flog weg, der Fels schrie.

»Hm«, sagte Ivat. »Das heißt, daß wir zweiunddreißig Minuten und achtundvierzig Sekunden unterwegs sind. An der nächsten Station steigen wir in einen Lift nach oben und können einen Schwebewagen nehmen, aber davon gibt es nie genug, weil alle Leute einen nehmen wollen, sogar mitten in der Nacht. Nachts gibt es genug Lichter, um die Fotosynthese zu ermutigen, aber die ermutigen auch die Menschen. Gestern sah ich Leute, die ohne jeden Grund Gras ausrupften. Alles in Ordnung, Landru?«

Sei doch ruhig, sagte Jai und öffnete die Augen. Er hatte nicht die Absicht, Ivat das anzutun, und er bekam ein wenig Angst. Ivat war ein netter Junge. *Ich liebe sein Geplapper.* Aber Ivat schwieg jetzt.

Als sie dorthin kamen, fanden sie das vor, was Ivats langweilige Freunde nicht bieten konnten — eine Menge. Es war die erste Menge, die Jai Vedh je gesehen hatte. Eine Viertelmeile in jeder Richtung sah er nichts als offene und strahlend erhellte Häuser, als lebe niemand hier, oder als seien die Menschen alle davongerannt. In und vor den Häusern brannten Freudenfeuer, die Flammen schmolzen die Möbel weg, und der beißende Plastikrauch machte die Leute krampfhaft husten. Einige fielen in die Flammen und kamen brennend herausgetaumelt. Büsche verkohlten. Dicker, giftiger, beißender Rauch wölbte sich über dem ganzen Gelände wie ein Dach. Vor Stunden schon hatte jemand Metallpulver säckeweise in die Feuer gestreut, und das war vorwiegend seltenes, gestohlenes Material; jetzt flammten die Feuer in bunten Farben auf. Jai wußte, daß die Reinigungstrupps am Morgen wahre Bergwerke von Metallen vorfinden würden. Die Leute mit Verbrennungen würde man wohl in Krankenhäuser schaffen.

»Soviel Zerstörung und Trunkenheit mit gleichzeitig soviel schweigender Verbissenheit hatte Jai noch nie und nirgends erlebt. Die Paare liebten quer durch die Reihen, Lebensmittel wurden verschwendet und zertrampelt, und nur eine einzige Stimme war ganz am Rand der riesigen Party klar zu vernehmen; sie sang.

Dieser Lärm muß ja alle taub machen außer mir, aber ich höre ja auch ihre Geister sprechen... Er schaltete von den geistigen auf seine körperlichen Ohren um.

»Verschwendung, welche Verschwendung!« schrie Ivat, und Tränen liefen ihm über die Wangen. »Wie schrecklich!«

Jai schob den Jungen auf ein schon verbranntes Rasenstück. *Hier bleibst du!*

Warum ist dieser Massengeist so flach, an Drogen gebunden, so schweigsam und ohne jede Individualität? Er fand, daß er weder das Schweigen, noch den betäubenden Lärm ausloten konnte; sein Gehirn drohte in Stücke gerissen zu werden; er fiel über ein Paar in orgiastischen Zuckungen, die von Drogen zu einer Unendlichkeit ausgedehnt wurden, bis das ganze Nervensystem zerrüttet war. Er hatte davon schon gehört.

Das ist schlecht, furchtbar schlecht, aber üblich. Es ist keine Party. Warum weiß denn niemand etwas Besseres zu tun? Er wanderte durch die Menge, fühlte entsetzt ihre Unsicherheit, ihre Versuchung, ihr Gelangweiltsein. *Die Reinigungstrupps werden am Morgen damit aufräumen. Es ist sowieso allen alles egal, nur den Toten nicht. Die Dummheit nimmt dem Sadismus seine scharfe Kanten.*

Für mich gibt es hier nichts ...

In einem der nächsten Häuser zog sich eine junge Dame aus, stieg winkend in kochenden Schwefel und starb in einem Anfall stupiden Lasters. Ein paar Dutzend Leute rissen Mauern ein und warfen die Trümmer in die Feuer. Und dann fanden sie nichts mehr zu tun. Ein Mann in brennenden Kleidern lief ins nächste Haus, mischte sich unter die Tänzer, die ihn nicht sahen — alles in allem ein grauenhaftes Chaos perverser Phantasie.

Jai überlegte, warum Phantastereien immer so unmöglich zu inszenieren waren. Was ist schon dabei, wenn einer an den Knien von einem Dachbalken hängt; oder wenn eine Frau, gegen die er rennt, an ihm zerrt und zieht, bis es ihm schließlich gelingt, sich aus ihrer rasenden Gier zu befreien. *Das ist zum Kotzen,* sagte er, und er krümmt sich und würgt, kann sich aber von dem grauenhaften Krampf nicht befreien. Er will nur den gesunden Körper sehen, doch es gelingt ihm nicht. *Metallene Zähne. Zur Ausrottung bestimmt.* Ohne Haß, ohne Liebe, ohne Erinnerung, ohne Gesicht oder Gedanken — *weniger Geist als ein Backenhörnchen* — bleibt sie am Boden liegen, weil es ihr nicht in den Sinn kommt, aufstehen zu können, weil sie nur aus ihr selbst unerfindlichen Gründen ihr Gesäß auf dem verbrannten Rasen reiben will, denn sie wartet nicht einmal auf den nächsten Mann. Jemand wird sie schon finden. Und ganz am Rand der Menge singt diese einzelne Stimme weiter.

Er kam an den Leuten vorbei, die nüchtern fieberhaft tätig waren, wie Ameisen, alle möglichen Gegenstände aus den Häusern zerrten und sie verbrannten; und anderen Leuten, die darüber maulten, daß dieses Fest so bald schon zu Ende gehen sollte; und an anderen Stellen trieben Leute Nägel und Pflöcke in anderer Leute Leiber, in ihre Augen und warfen sie dann in die Feuer, nicht aus Grausamkeit, sondern weil sie sehen wollten, was dann geschähe, weil Leute schließlich auch nur und nichts anderes als Dinge waren. Auch Menschen konnten zerstört werden.

Bei diesen hielt er sich jedoch nicht auf; dankbar war er dafür, daß diese Opfer nicht allzu lange litten. Ein Opfer grinste leer, als es den Nagel beobachtete, der sich seinem noch unverletzten Auge näherte, zuckte nur ein wenig zusammen, als es geschah und schrie: »Ich kann nichts mehr sehen!« Und das war ein Ausruf ungläubigen Staunens. Dann sagte er fast fröhlich: »Alch, ich hörte Alch«, und das sagte er so oft, bis die Menge dieses sinnlose Wort aufnahm, weder fröhlich, noch grausam, sondern fast automatisch. Niemand tanzte oder sang. In allen möglichen und unmöglichen Ecken schliefen Menschen erschöpft neben solchen, die schon zu Asche geworden waren. Er mußte zweimal schauen, um sich zu überzeugen, daß sie tot waren. Und die Stimme am Rand der Menge sang noch immer.

Unwillkürlich dachte Jai, als er zu einem bewohnten und abgeschlossenen Haus kam, an die zahlreichen Sicherheitsleute, die Dienst zu tun hatten, an jene, die weniger stupid oder gelangweilt oder auch etwas ängstlicher waren. An diesem Haus waren die Mauern mit Pictogrammen, Hexenzeichen und verzerrten Gestalten aus dem alten Ägypten beschmiert, mit den winzigen Köpfen der frühen Einwohner prähistorischer Inseln — alle natürlich mythologisch —, und die Stimme, die doch in seinem Kopf und nicht in der Luft war, begann um Wände und Pfade zu schweben und sich von ihm zu entfernen. Es war eine notengerechte Erinnerung an ein in letzter Zeit beliebtes Musikstück. Es blühte dann aus acht Instrumenten mit Kontrapunkt, aber Jai war noch nie viel an dieser Art Musik gelegen. Er fand den Körper, der sich herumbewegte, der einen Geist in sich hatte, wie ein Fisch, und diesen Körper belauerte er aus der Deckung einer Mauer heraus; dann sprang er ihr

in den Weg. Sie tat einen kleinen erstaunten Schrei —, wie ein
Mensch. Dann sang sie in ihrem Kopf weiter, dieses große,
kräftige, unhübsche und nackte Mädchen:

O blau! O Kinderzimmer, o Filme, Schwerkraft und Verwirrung, Verwirrung! Dann fiel ihr noch etwas ein, und das lautete
so:

Du bist gerade gesprungen.
Spring, spring!
Springen ist Spaß.

»Guter Gott, wer hat denn dich rausgelassen!« rief Jai, ehe
er noch wußte, daß er laut gesprochen hatte. Er packte sie an
den Armen und las die Marke, die sie um den Hals hängen
hatten. Die Feuer schimmerten in ihren Augen und ließen sie
leuchten. Auch er leuchtete in ihren Augen. »Ah, schön, schön!«
rief sie, warf ihre Arme um ihn und las in seinen Augen die
Reflexe der vielen flammenden Feuer.

»Willst du dorthin gehen?« fragte er fast gegen seinen Willen.
»Schön, schön«, sagte sie wieder, und er streichelte ihren Rücken.
Sie sagte: »Brt, brt, brt«, wie eine Katze, denn sie glaubte,
das sei Teil eines überaus wichtigen Wortes, wandte sich ihm
aufgeregt zu, stand auf Zehenspitzen, beugte sich weit zurück
und drückte ihren Schamhügel an den seinen. Ihr Mund war
zum Kuß gespitzt, und ihr Körper arbeitete schamlos. Ihm fiel
ein, wie gut sie erzogen waren, diese Schwachköpfe, und war
nicht erstaunt. Auch sie hatte die Paare beobachtet. Dann ließ
sie sich auf den Rücken fallen und spreizte die Knie, doch ihr
Gesicht war den Feuern zugewandt. Ihm fiel ein, wie genau
und sorgfältig man ihnen in den Schulen Manieren beibrachte,
sie die Grundformen der Höflichkeit lehrte; er fürchtete, daß
sie daran gewohnt war, sich selbst zu befriedigen, konnte aber
nichts Eindeutiges in ihren Erinnerungen finden. Er ließ sich
auf die Knie nieder, denn er war so heiß und sie so enttäuscht,
gelangweilt und ungeduldig, und als er sie nahm, hörte er im
Ton deutlicher Überraschung: *ein Lehrer tut das nicht*, ehe er
in weißglühende Ruinen zerbarst, so daß ihm die Zähne klirrten.

Als er wieder zu sich kam, wollte er weitermachen, aber Jai
konnte das nicht tun, was die Lehrer taten, weil sie Mund oder
Hand nicht erlaubte. Sie hatte Angst davor. Sie weinte lautlos,
während Jai ihr zu erklären versuchte; doch das gab er bald
auf und streichelte sie nur, weil sie weinte, und drückte seine

Wange an die ihre. Aber noch immer hingen ihre Augen an den Feuern. Als er wieder konnte, begann er erneut, diesmal geduldig, um ihr Vergnügen zu bringen; er umwarb nicht ihren Körper, sondern ihren Geist, fühlte sich ein wenig unbehaglich, weil sie so ungeschickt war, aber schließlich fühlte er zu seiner Erleichterung, daß sich ihre Glieder unter ihm ebenso erlöst entspannten wie ihr Geist. Sie löschte die ganze Party aus.

»Du bist ein Mensch«, sagte Jai, als sie die Augen geöffnet hatte. »Wußtest du das?« Sie lächelte, weil er es so ernst sagte.

Als er sie in der Sicherheitsbox verließ, weinte sie, aber ein paar Minuten später hatte sie es schon vergessen und sang wieder, diesmal ein anderes beliebtes Lied, nur mit ihrem persönlichen Text.

Er kehrte zu Ivat zurück und begegnete einer Bande, die ein Haus völlig demolierte. Er lehnte sich mit dem Rücken daran und half ihnen dann sogar, die Plastikverkleidung mit den kostbaren eingebauten Instrumenten und die unglaublich zähe Deckenverkleidung abzureißen. Die mußten sie mit Eisenstangen absprengen, und so stand er auf großen Haufen von Dingen, die unter seinen Füßen zu rutschen begannen, und dann brach die ganze Decke über ihm zusammen und hüllte ihn in ein Durcheinander aus Staub und Drähten. Er trieb die anderen an, die zu betrunken waren, um noch etwas denken zu können, zog sie an den Haaren herbei, warf ihnen die Dinge zu, die sie zerbrechen sollten, versetzte ihnen Fußtritte und trieb sie herum, bis sie über halbgeschmolzene und zerbrochene Glasschränke stürzten, an denen sie sich große Wunden rissen. Dann legte er seine Arme um einen Stützbalken und zerrte daran, bis er knarrte. Natürlich konnte er ihn nicht umlegen, und deshalb ließ er ihn los und taumelte keuchend zurück. Ein Mann kroch unter dem Haufen herabgestürzten Deckenmaterials heraus und sah wie eine Schildkröte aus, weil er um den Hals eine geborstene Deckenplatte mitschleppte. Jai schlug ihm ins Gesicht, aber er kroch weiter über die Glassplitter, bis er blutete. Und Jai schlug immer wieder auf ihn ein, aber der Mann kroch unbeirrt weiter und zog ein Bein hinter sich her. Dazu flüsterte er alle möglichen Unanständigkeiten vor sich hin. Er schien keine Nase zu haben.

Dann bückte sich ein anderer langsam und hob einen Ziegel auf, mit dem er nach Jai zielte, aber bevor ihm in seiner Trunkenheit der Wurf gelang, hatte sich Jai geduckt und war verschwunden. Alles ging so langsam vor sich, daß es ihn amüsierte. Irgendwo in einiger Entfernung erhitzte sich Ivat über irgend etwas ganz schrecklich, so daß Jai an den sterbenden Feuern vorbei zu ihm lief, vorbei auch an zehn oder zwölf oder zwanzig Leibern, an zerstörten Häusern, an den scharfen Kanten geborstener Plastik auf dem verbrannten Gras. In den Häusern gab es nicht mehr viel zu verbrennen. Auch an Toten lief er vorüber.

Als er Ivat erreichte, lachte er. Aber kurz vorher kam er an einem Mann vorüber, der in einer Türöffnung stand, zufrieden lächelte und etwa zwanzig helle, weiche Knoten aufwies, die in seinen Haaren und Kleidern leise fächelten. Jai brauchte eine ganze Weile, bis er feststellte, daß der Mann brannte. Er klatschte in Augenhöhe mit den Händen, und neue Flammen zuckten strahlend auf. Des Mannes drogentrunkener Frieden folgte ihm, wie ein nicht übertönbarer starker und unangenehmer Geschmack. Die Tür wurde schwarz und brach zusammen.

»Schlagt das Feuer aus!« schrie Jai, doch niemand rührte sich. Dann erreichte er Ivat; er war am Rand der Party, wo das Gras noch lebte, im Schatten der dunklen, rankenüberwucherten Seitengasse dahinter. Geblendet und ein wenig unsicher stand Jai vor dem Jungen.

»Sie wollten mich zwingen, Drogen zu nehmen«, sagte der Junge. »Hast du das gewußt?«

Jai sagte nichts.

»Und sie versuchten auch, mich zu verbrennen!« schrie Ivat. »Sie haben mich in eine Ecke getrieben und wollten mich mit einem Nagel umbringen! Sie wollten mir die Sexdroge aufzwingen! Und sie haben versucht, mir Glasstaub in den Mund zu drücken! Verdammt, wo bist du gewesen?« schrie er. »Verdammt, verdammt!«

Ja, ich bin ein elender Sünder. Einen Augenblick lang wußte er nicht, was er tun sollte. Er öffnete die Augen, und als Ivat zu weinen begann, hob er den Jungen auf und rannte mit ihm weg vom Lärm und von den Feuern, vorbei an den verschlossenen Häusern, die den Partygrund umgaben, durch die Zone, in der sich niemand aufhielt, mitten hinein in den gewöhnlichen Vorortsverkehr der Nacht. Auf einer Länge von etwa hundert Yards rupften die Leute emsig Gras aus. Das war die allerneueste Marotte. Ivat löste sich zappelnd aus Jais Griff und glitt wie eine Schlange zu Boden. Er zuckte vor Haß. Jai sah zu, wie er sich selbst quälte und züchtigte, sich auf die Brust schlug und seine Lippen zerbiß.

Ein Mädchen, sagte Jai.

»Mädchen, Mädchen!«

Ein schwachsinniges Mädchen. Ivat hatte sich den Bogen von der Schulter genommen und legte nun einen Pfeil auf. Seine Hände zitterten heftig, als er den Bogen hob, und wie eine gefährliche Schnauze bewegte sich die Pfeilspitze vor und zurück.

Es war unmöglich, ihn aufzuhalten, ebenso unmöglich, ihn schießen zu lassen. Jai bekam den Pfeil in die Brust, hielt ihn aber im allerletzten Moment mit den Händen um den Schaft fest. Er sah sich selbst in Ivats Augen, ein gemarterter Sebastian, der aus Liebe stirbt, und er kam dem Schrei des Jungen zuvor, indem er Pfeil, Bogen und Köcher mit seinen Händen zerbrach. Ein abgesprungenes Stück Plastik riß Ivats Haut auf. Der Junge rollte die Augen; er führte eine geistige Zuckung aus und fiel. Jai fing ihn auf, als sich sein Innerstes nach außen kehrte, zwang ihm den Kopf zwischen die Knie und legte ihn auf das Gras, um ihm die Hände zu reiben. Sofort schnellte Ivat sich selbst zurück, richtete sich auf und öffnete die Augen.

»Du hattest eine Rauchvergiftung«, sagte Jai.

Ivat fiel etwas über seinen Vater ein, das schon lange her war, aber das ging so schnell, daß nur noch ein vager Schein davon zurückblieb. »Hä?« fragte Ivat.

»Rauchvergiftung«, antwortete Jai. »Versuch mal aufzustehen.« Ivat stand gehorsam auf und taumelte ein paar Schritte. »Es war sehr schlimm«, erklärte ihm Jai, als er den Jungen stützte.

»Vielen Dank, Landru«, sagte der Junge.

»War doch selbstverständlich«, erwiderte Jai und legte einen Arm um Ivats Schultern. »Nur langsam.« Der Junge schwieg und schien zu frösteln. Es gab eine Menge, einen ganzen Pack Dinge, die er vergessen hatte, und sie drückten ihm auf das Rückgrat. Jai wollte das nicht sehen, versuchte Ivats Geist zu erreichen, doch es gelang ihm nicht. Er legte auch seinen anderen Arm um Ivat, als wolle er die Last von Ivats Schultern nehmen, doch seine Hände gingen durch die Last hindurch, und Ivat beugte den Rücken noch mehr.

»Werd jetzt nur nicht hysterisch, Landru«, flüsterte der Junge schwitzend und graugesichtig. Alle Geheimnisse sickerten in ihn zurück. Zuneigung machte ihm übel. Seine Gliedmaßen waren wie verbogener Draht, sein Gesicht hatte alle Farbe verloren, und so wandte er sich direkt an Tele Landrus Herz.

Jai Vedh hatte noch nie etwas so Monströses gesehen. Er schloß seine Arme um den Jungen. Einen Augenblick lang lag Ivats leidender Kopf an Tele Landrus mythischer Brust wie ein kleiner Mond. Einen Augenblick lang atmete er, und dann erschauerte er, errötete, zog den Kopf ein und flüsterte es:

So, du liebst mich also. Nett, dachte Jai.

Ivat hatte es schon vergessen...

Voll Ehrfurcht beobachtete ihn Jai, als er seine Last wieder auf sich nahm, diese schattenhaften Sünden, die nichts zu wiegen schienen, und er beugte sich ein wenig vor, wie ein Buckliger. Gott-Killer Ivat. Ivat, der Arrogante. Schlägt neun Fliegen mit einem Streich. *Verrückt ist er, denn er hat meinen Bogen zerbrochen,* dachte Ivat.

An der Ecke des Gäßchens lief er zu einem Autovend und drückte lächelnd die Marke um seinen Hals an den Sichtschirm. Das Gäßchen war mit den Phantomen von Ivats kichernden Jungensfreunden bevölkert. Jai sah sie in tausend blöden Haltungen an der Maschine lehnen, hörte ihre selbstgefälligen Fragen und Ivats verächtliche, abweisende Antworten. Er wußte aber auch, daß ein neuer Bogen und neue Pfeile im Autovend waren, Jagdpfeile mit scharfen, flachen Spitzen. Ivat nahm sie sorgfältig heraus, wie eine Mutter ihr Neugeborenes aus der Wiege hebt. Ivat, der Fachmann legte kalt und überlegen den Pfeil auf.

»Ich werde dich jetzt erschießen«, sagte er.

Jai lachte.

»Ich werde dich erschießen, weil du ein hysterischer Schwätzer bist. Und weil du schlampig bist, Landru. Und weil ich dich bis in die innerste Seele hinein verachte.«

Das meine ich aber gar nicht.

»Ich werde es tun. Geh zurück.« Die Straße gab ihm Antwort: Du hast recht, jawohl, du hast recht. Und er zielte, hob den Bogen leicht an und ließ den Pfeil fliegen.

»Aber du liebst mich doch«, sagte der Mann leichthin.

So schoß ihn also Ivat durch das Herz. Es war eine uninteressierte Ausübung der Macht. Jai vernichtete sofort den Pfeil, hielt Ivat mit den Augen fest und ließ den Jungen erleben, wie er starb. Da war nur noch eine Leere, sonst nichts mehr, irre Tränen und das verzweifelte Weinen eines kleinen Jungen;

Ivat hätte sich den Kopf an dem granitenen Randstein der Straße zerschlagen, wäre nicht Jai gewesen, der ihn schüttelte, bis sein Gehirn schlotterte.

»Tele Landru ist tot«, sagte er. »Aber ich bin es nicht. Halt jetzt endlich den Mund und hör zu weinen auf. Hör mir zu.«

Vier Tage später — es war auf dem Meeresboden der Stadt Niederlande, welche das Zentrum der Welt ist —, sprach Jai durch eine geschlossene Tür mit einem Mann, der keine andere Absicht hatte als die, ihn nicht einzulassen.

»Ich stelle mich selbst«, sagte er.

Er spürte die panische Angst im Raum hinter der Tür.

»Was? Was? Was sagtest du? Warum bist du gekommen? Was?« stotterte die geschlossene Tür.

»Ich stelle mich«, wiederholte er.

Die Tür schrie ihn an.

Er wiederholte, was er schon zweimal gesagt hatte.

IV

Unter dem gewaltigen Druckdach des Atlantik zerrte er den irren Ivat mit sich. Er schwieg krankhaft, murmelte manchmal etwas und war ein kleiner, hilfsbedürftiger Junge. Er schleppte ihn zu einer Tür, einer Halle, einer Höhle; ein öffentliches Gebäude. Ivat zupfte, dreitausend Meilen weit weg, an seinem Ärmel. *Hast du denn ein bestimmtes Gefühl für Kinder?*

Ich glaube, ich bin erledigt, flüsterte ihm Evne, die eine halbe Welt entfernt war, ins Ohr.

Er zwang sie, zu springen, sich hinzulegen. Er nahm seine Pfleglinge mit zu den Hotels in der Wüste Gobi, wo Extraterrestrische und Erdenleute aus Gesundheitsgründen hingehen. Er zwang sie, ihn zum Landendemuseum auf den britischen Inseln zu begleiten und ließ sie denken, es sei ihre Idee. Die Welt war aus Glas. Und da sie nun in diese Geschichte hineingeschlittert waren, gingen sie dorthin, wo Evne war.

Dort gab es lebende menschliche Diener. Untergrund, wo die Fachleute zu sein vorzogen. Er legte die Arme um ihren Rücken und führte sie weg, vorbei an den Fenstern im Korridor, in denen die verschiedensten Waren ausgestellt waren — kleine Tiere, ganze Haufen gefrorener Früchte, alles Dinge von anderen Welten. Mit blinden Augen starrten sie eine Weile die Wand an, während eine menschliche Hand in dem Bohnenhaufen wühlte und nach oben verschwand. Es war ein Phänomen, aber uninteressant. Er sah sie nicht mehr, er fühlte sie nur in seiner Armbeuge, fühlte sie an seiner Haut, die am leichtesten zu vergessende Person aller Welten. Evne winkte ihm listig durch einen Schimmer der Irreführung, bis sie über ihm dahinfloß, aber dann wurde sie auf einmal klar sichtbar, und sie begann zu weinen. Sie lehnte sich an ihn, und die Beziehung in diesem Laden hatte die oberflächliche Sauberkeit von Geldgeschäften. Darauf ruhte Evne aus.

Er griff in den einzigen Laden der Welt hinein und rief seine Männer: er lehnte sie in künstlerisch befriedigender Manier an die Wand. Evne lutschte an ihrem Daumen. Die Männer — einer trug einen Koboldmaki mit sich herum, einer einen Kanister Tabak — waren noch ganz benommen von den ungeheuren Schätzen, die in dem einzigen Laden der Welt aufgehäuft waren, von all dem Glanz, dem Lärm, dem Luxus.

»Es geht ja nicht um die kleinen Luxusdinge, die wir auf diese Art kaufen«, sagte der eine, »sondern um die erregende Notwendigkeit der Kontakte. Denn welch größeren Luxus kann es geben, als die Unpersönlichkeit zwischen den Menschen?«

»Gottes Handwerk erkennst du in diesem kleinen Affen«, sagte der andere, »als Gleichnis erwähnt; und in dieser Orange, in diesem Tabak. Ich denke, ich könnte alle natürlichen Dinge anbeten.«

»Unser Laden«, sagte der dritte, »kann zwanzig Menschen gleichzeitig bedienen, und das ist eine ganz neue Entdeckung und die größte Sensation der Welt. Und vor allem gut für die Massen.«

Evne lachte schallend. Der kleine Affe verschwand aus ihrer Einflußsphäre und erschien wieder im Fenster mit den Tieren, wo er seine kleinen Pfoten und das Schnäuzchen an das Glas preßte. So las es ihre Gedanken.

Ihr müßt eine Konferenz haben, sagte das Äffchen.

»Wie soll es eine Konferenz geben zwischen Telepathen und uns?« sagte der Mann mit der Orange. »Wir werden euch alle töten.«

»Wenn wir nicht lügen können, sind wir ganz dumm«, sagte der mit dem Tabak. »Und noch dümmer sind wir, wenn wir nicht verstehen. Wir können dich nicht brauchen, begreifst du das? Aber du kannst uns nützen. Vielleicht.«

»Schon vor langer Zeit wurden Bomben zu deinem Planeten geschickt«, sagte der Mann, der das Äffchen gehalten hatte. Er lächelte verwaschen und verwundert. »Ihr seid alle tot. Fällt es der Dame schwer, unter sovielen Geistern zu schlafen?«

Das tut sie, sagte das Äffchen. *Sie kam hierher, um es herauszufinden, aber sie kann sich nicht anpassen, und ihr haltet besser diese Konferenz ab.* Es kletterte an der Wand des Tierfensters hinauf, und die Saugballen der Pfötchen drückten kleine Grübchen in die Welt. *Wir sind nicht kriegerisch, wie sollten wir das auch sein? Wir fühlen, was alle fühlen. Wir können es nicht ertragen, jemanden zu kränken.* Es hatte die Decke erreicht und hing nun schweigend da, den Kopf nach unten, und seine großen Nachtaugen strahlten Vertrauen aus.

Jai berührte Evne.

Nicht kriegerisch.

Er fand, er könne sie immer wieder berühren.

Nicht kriegerisch?

Sie sprang fast aus ihrer Haut hinaus.

Er lächelte, verlor sie fast aus dem geistigen Griff, beugte sich zu ihr hinüber, um sie körperlich zu berühren und um seinen Geist wieder zu klären. Er spürte einen Moment intensiver Wärme, dann Heimweh, Unehrlichkeit, und dann war Evne, die den kleinen Affen so unmögliche Dinge sagen ließ, verschwunden.

»Ich will in diesen Laden zurück«, sagte einer der Wächter. »Er beeindruckt mich, weil er so überzüchtet ist. Er ist das Meisterstück von Jahrhunderten.« Der zweite Wächter schwelgte in extrasensorischen Erinnerungen. »Falsche Sonnen. Es gibt Läden, die sind so groß, daß du sie mit falschen Sonnen beleuchten mußt.« Und der dritte grinste dümmlich und machte den Vorschlag: *Du brauchst einen Lehrer* ...

»Verdammt noch mal, Evne, komm hierher zurück und sag endlich die Wahrheit!« brüllte Jai.

Der dritte Wächter, der mit der Orange, war von zuvielen Mitteilungen verwirrt und von zuviel Kontrolle verdorben, fiel platt auf das Gesicht. Er war glücklich, aber auch tot.

Sie hatte es getan.

Im Norden der Gobi sind die Hochebenen das ganze Jahr hindurch kalt, trocken und windig; hier ist der letzte Naturpark der Erde. Die Menschen haben ihn fast vergessen. Der Boden hat keine Metalle, auch sonst nichts. Die Gobi-Wüsten-Hotels sind nur für Fachleute geöffnet und streng bewacht. Wer hierher kommt, bezahlt; in Metallen, seltenen Erden, mit Algen, mit Viren, die die Meeresflora am Leben halten. Der Weiße See ist eine Untertasse aus kristallisiertem Salz, die sich meilenweit erstreckt, und die Vögel müssen hier gefüttert werden. Es ist der teuerste Platz der Welt. Fachleute, die um die Macht über Kontinente gespielt haben, schauen hier den paar Wasservögeln am Tengri Nor zu, bestaunen die paar Grashalme, den hohen kalten Wüstenhimmel, die Meilen toten Landes, das vor den Altai-Bergen liegt und denken bewegt:

Früher war einmal alles so . . .

Die Konferenz wurde den Fremden zuliebe im Freien abgehalten. Jai Vedh stand nackt in der Wetterblase mitten auf der Ebene unter einem Bausch von Zirruswolken und versuchte das Murmeln der Menschen zu überhören. Der eiskalte Wind schüttelte die Wetterblase. Unter seinen Füßen lagen die Korridore von Hotels Sechs, und der besseren Isolierung halber hatte man unter der Wetterblase einen Spezialboden eingezogen.

Jai Vedh saß in einem dick gepolsterten Sessel auf einem Felsen und beobachtete sein flaches, totes, mathematisches Selbst in den langen Spiegeln, die gegen die Wände der Blase gelehnt waren. Alle hatten Rahmen aus rostfreiem Stahl, in einem sah er sich von der Seite, in einem vom Rücken her, in zweien hatte er ein Doppelbild von oben her. Das war für jene, die an Platzangst litten. Wolken zogen über die Spiegel. Hoch oben war es wärmer, aber hier unten würde es bald schneien. Er sah auf die Leute in den Korridoren hinab, die seit einigen Tagen dort herumschwärmten. In der merkwürdigen Stille hörte er sie miteinander reden. Sie warteten auf Evne, die den ausgefallenen Einfall gehabt hatte, sich anzuziehen, und das tat sie im Hotel Fünf.

Vier Männer und drei Frauen entstiegen dem Elevator. Sie waren klug, das heißt, sie hielten sich selbst für klug und gut. Evnes Truppe schoß durch den Tunnel zwischen den Hotels. Sie waren am Horizont, eine Meile entfernt. Die Computerverbindung von Jais Gruppe — der Verbindungsmann trug den Computer an die Schultern geschnallt, damit er die Hände frei hatte — sprach zu ihr in einem schnellen, schlangengleichen Wispern. Jai kannte das alles schon, und es war ja auch gar nichts daran, als nur eine Menge Mechanikergeschwätz. *Man will mich nur in Sicherheit wiegen*, dachte er. Sie sprachen über Schirme und mit den Computern, und das ununterbrochene Ein- und Ausschalten machte ihn ganz konfus. Evnes Gruppe erschien auf dem Schirm; sie nahmen den Elevator und kamen direkt im Mittelpunkt der Wetterblase heraus. Und in diesem Moment — es war ein unerhörter Witz — verschwand die Blase.

Aber es blieb so warm wie vorher.

Weit weg, direkt am Horizont, wo die normalen Häuser begannen, sprangen fünf Punkte hinter einem Leitpunkt ins Bild: Joseph K lehnte an einem Stab, und um die Schultern trug er ein Lammfell; er führte sie durch einen eisigen Sturm, und sie ließen die Abdrücke ihrer Füße auf dem Wüstenboden der Gobi zurück. Elf Meilen weit wanderten sie zur Wetterblase, die es gar nicht mehr gab, denn es war nur noch eine Kuppel aus Warmluft da, eine Sammlung von Stühlen und Spiegeln, die irgendein Verrückter im November auf die Hochebene geschafft hatte.

Und auch sie sahen sich selbst als klug und gut.

Kannst du, fragte der dunkle Joseph K, *uns mit Kleidern versorgen? Mit Lebensmitteln? Und mit Leuten zusammenbringen? Primitive müssen sich immer so ungeheuer in Szene setzen.*

Und der dekorative Franz, sein alabasterblasser, märchenblonder Bruder sagte laut: »Mama will uns zu Buchenden machen.«

»Wir haben nur noch wenige extreme rassische Typen«, sagte der Mann mit dem Computer am Rücken. Er sprach immer mit winzigen Pausen zwischen den einzelnen Worten, weil er auf die vom Computer kommenden Nachrichten zu achten hatte. *Ein guter Diener*, hatte er zu Jai Vedh gesagt, *aber ein schlechter Herr*. Echos hüllten ihn ein, das ununterbrochene Geschwätz von Maschinen, ein schreckliches Geknatter. Er legte seine Hand aufs Herz, entschuldigte sich und nahm Platz. Franz der Gelehrte, rupfte die Füllung aus einem Stuhlpolster. Der dritte Punkt, eine nackte, gut aussehende alte Frau mit Hängebrüsten, die aussah wie eine Knochentasche auf Stelzen und deren Habichtsgesicht mit unzähligen Runzeln bedeckt war, lud alle anderen zum Sitzen ein. Sie fühlten sich zu Hause.

Für Jai waren sie fett, rund, knochig, groß und Teil eines kosmischen Witzes — das große, blasse, laxe Mädchen mit riesigen Händen und Füßen, der junge, hirschzähnige Knabe und ein junges Mädchen ohne Namen, eine erlesene chinesische Figurine, mit der jemand recht unachtsam umgegangen war, denn sie hatte eine häßliche Narbe im Gesicht. Aber sie lächelte zauberhaft und drehte ihren Kopf von einer Seite zur anderen, als sei sie fast taub. Evne hatte sich in weiße Federn und Diamanten gehüllt, und es war ein unglaubliches Kostüm; Jai, der sie ja kannte, fand, sie sei ein Luxusweibchen. Sie wollte verführerisch und zivilisiert sein, dachte an ungeheure Bevölkerungszahlen, an planetenweite Städte, an Millionen von Salons, an ein Leben in betäubender Öffentlichkeit.

»Du meine Güte, welch ein liebliches Schweigen!« sagte sie.

Eisige Sturmwinde spielten mit der Spitze der Warmluftkuppel.

»Was ihr Psi-Kraft nennt«, sagte Evne, »ist das Ergebnis von Wahrnehmung und Bildung, nicht mehr, ob ihr das glaubt oder nicht. Die stillen Bezirke unseres Gehirns sind wirklich still. Es gibt keine besonderen Radioprogramme. Gäbe es Strahlung, so wäre sie schon längst gefunden worden. Ich erzähle euch jetzt die Fabel von Innen und Außen. Innen ist Außen und Außen ist Innen. Handlung aus der Entfernung. Ist das nicht schade? Jedes System der Organisation muß an einen organischen Körper gebunden sein, und deshalb gibt es Grenzen, die ihr sicher kennt. Die Regeln sind die der Innenseite, und auch das ist schade. Ich bin Adelina Patti und singe: O Raum, Zeit und Masse! Das sind Schauspieler, Raum, Zeit und Masse. Sie sind Tänzer, und da seid ihr nun: Raum, Zeit und Masse.«

Der kugelförmige Junge mit den Bockszähnen sagte: »Wir brauchten lange, bis wir hierher kamen.« In seiner Stimme lag Heimweh. »Man kann Gegenstände nicht zu nahe an einen Planeten heranbringen, weil die Schwerkraft zu wirksam ist. Die Schwerkraft dessen, was geschehen wird. Wir haben oft Zwischenstationen eingelegt, zum Beispiel...«

Welch ein reizendes Schweigen, sagte Evne, die Angekleidete. *Lernt Konzentration, Gentleman, und lernt Singen!*

»Sie sind nicht bildungsfähig«, sagte Joseph K und brachte mit einer Handbewegung die Wetterkuppel zurück. Alle standen auf und verschränkten die Arme.

»Meine Meinung«, sagte Joseph K. »Schlechte Umgebung.«

Aber die Fachleute waren hart und zäh und tragisch; alle waren durch Mauern voneinander getrennt und einsam. Trotzdem dachten sie, von der unwiderstehlichen Gleichheit ihrer Gefängnisse dazu gezwungen, dieselben Gedanken.

»Krieg«, sagte der eine.

»Teufel, uns findet ihr nicht«, antwortete Joseph K. »Oder könnt ihr das? Das, was ihr bombardiert habt, war nichts, war ganz unbewohnt. Ihr habt nur gedacht, wir seien es.«

Wir könnten verwirrt werden, dachte Evne vernünftig.

»Ihr könnt verwirrt werden«, sagte ein anderer. »Ihr könnt nicht gleichzeitig auf alles miteinander aufpassen. Oder?«

»Wir werden es schaffen«, antwortete Joseph K. »Wir wandern eben.«

»Ihr lehrt uns, oder ihr könnt verdammt sein«, sagte ein Dritter. »Einen Computergeist könnt ihr doch nicht lesen.« *Sie haben recht*, sagte Evne. *Es ist kodiert. Es würde allzu lange dauern.* Alle standen auf, und durch die wie irr zirpende Computerkonsole wurde ein Radiostrahl auf diese antiken Spiegel gerichtet, die, wie Jai wußte, aus ganz bestimmten Gründen hier waren. Oder was soll man sonst mit Mikrostromkreisen an Spiegelrükken beginnen? Maschinen haben keine Gefühle, und sie lassen auch keine Spuren zurück.

Niemand von der Konferenz hatte davon gewußt.

Unbewegt sah er Evne in Rauch aufgehen, und der schwarze Mann, der ihn geküßt hatte, wurde tatsächlich schwarz und ließ sich nicht mehr von seinem Bruder unterscheiden, auch nicht von den anderen Punkten. Die Fachleute starben vor Angst. Der Sand schmolz, und die Hitze stieg in die Kuppel hinauf, die wie eine Blase zerbarst, und die erregte Luft barst röhrend in den leeren Himmel. Ein paar Schneeflocken trieben herab. Es war der merkwürdigste Anblick: Evne, die wie eine Tänzerin gekleidet war, fing sie mit der Fingerspitze. Sie kreuzte einen Fuß über den anderen in einer perfekten fünften Position. Sie hauchte auf die Schneeflocke.

Sie wollen Körper und bekommen sie.

Franz und die anderen sind nach Hause gegangen.

Soll ich diesen Planeten zerstören?

Sie hockte lächelnd auf gekreuzten Beinen im Sand und schmolz den heißen Felsen mit ihren Händen zu einer Tasse. Sie machte sie ein wenig schief. Kleiner Lügner. Schafft mit einem Sprung hohe Gebäude. Augen, die Blei durchdringen.

Sein Herz zitterte und brach für die Toten, die Fachleute, die Nagelharten, seine eigenen Landsleute. *Und du hast diesen Mann getötet.*

Du hast es getan, sagte Evne, um ihn zu erfreuen. *Du brauchst einen Lehrer.* Eros verlieh ihren Zähnen zusätzliche Schärfe. Sie warf die Arme um ihn. *Lieber, Geliebter, früher oder später mußtest du doch die Unschuldigen, die Unwissenden finden, warum nicht jetzt?* Und sie begab sich in eine geistige Region, die nur eine Fledermaus zu lieben imstande war, blähte sich zur Unmöglichkeit auf, streckte sich, taumelte; ihre Augen verloren ihren Brennpunkt, und wie eine Tote stürzte sie auf den Wüstenboden. Er trat zurück. Das schwarze Mal auf ihrer Lippe war krebsig; es bewegte sich. Einer von Evnes tausend Armen legte sich um ihren Nacken, ein anderer hob die Tasse aus geschmolzenem Fels, die mit der seufzenden, schweren Stimme schlechten Glases sagte: »Laß mich gehen, denn es schmerzt. Es schmerzt.«

Ihre tausend Arme verlängerten sich, wurden zu *ftun* Lichtjahren mit *ftun* anderen, der optimalen Zahl für alles.

»Es ist nicht nett, jemanden zu ermorden, ehe er dich zu ermorden versucht«, sagte der Sand. »Es ist nicht ethisch.«

»*Und da sind Maschinen über Maschinen*«, sagte Evnes Muttermal, erdacht und geplant von Evne in der Vorhalle, in der niemand gekränkt werden kann, wo man sich aber leicht verirrt ... Ihr rechtes Handgelenk versteifte sich aus Angst vor metallenen Maschinen. Und es zuckte: eine solare Nova. Ein Tropfen Nichts fiel von ihren Lippen in den Sand, lief mit enormer Geschwindigkeit zum Horizont und traf mit sich selbst auf der anderen Seite der Weltkugel zusammen — ein einziger, unzerstörbarer Tropfen.

Niemand war mehr da. Das Grün über den Innenstädten sang und trillerte. Die Luft in Jais Ohren vibrierte süß, eine Seite, eine Spur nach der anderen, und das ergab eine wundervolle Harmonie. *Ftun ist nichts.* Die Tiere verschwanden, die Pilze und die Einzeller verschwanden; und ein dunstiges Etwas, das in seiner Flüchtigkeit nicht zu sehen war, das *Ftun* einer riesigen Matrix von Personen, ein gigantischer Rauchring trieb über Jai dahin, setzte sich auf seine Schultern und zog sich zu einem Punkt zusammen.

In der Vorhalle, wisperte es ironisch.

Sie öffnete lächelnd die Augen und setzte sich auf. Ihre tausend Arme schrumpften, ihr Muttermal wanderte. Sie hatte gewünscht, ein Flugzeug mit einem zu fliegen, der Magenschmerzen bekam, weil er Platzangst hatte; und er müßte schreien, wenn sie mit geschlossenen Augen auf dem Rücken flog. Sie wußte, sie konnte es nicht.

Du bist besser als ich, und du wirst dich daran gewöhnen. Sie berührte Jai mit einer Fingerspitze, vorsichtig, mütterlich, ließ den Verstärker unter ihrer Haut spielen, den sie als Heranwachsende so sorgfältig aufgebaut hatte, als sie lernte. Sie drehte Innen nach Außen, und in dieser momentanen, dämmrigen Welt blähte er sich auf und schwebte nach oben, bis er aus vielen Meilen Höhe seine Füße sah, die sich irgendwo auf der sich drehenden Kugel verloren, bis er sich auflöste zur nächsten Galaxis schraubten, bis er dünner und durchsichtiger war, als ein Geist, bis er nur noch eine mathematische Größe war. Evne sang seit Äonen. Er versuchte zu malen, mathematische Probleme zu lösen; und er hob sie mit seiner Kraft sogar heraus aus ihrem Weg. Der Mann in der Eisenbahn hatte ein Papier.

Es war ein altmodischer Eisenbahnwagen, wie aus dem Museum, roter Plüsch und lackiertes Holz, und er fuhr sehr schnell. Der Herr, der Jai Vedhs Vater war, hatte sein Gesicht hinter einer Zeitung versteckt, und Jai Vedh sah erst, wer er war, als er die Zeitung weglegte. Der Wagen ratterte vom Tempo, und der Mann wandte unfreundlich das Gesicht ab. »Ich bin nicht dein Vater!« In der Ecke neben dem Wasserkühler klammerte sich jemand an ein Glas, und jemand beobachtete die vorüberfliegende Landschaft. Kleine, fiepende Laute kamen von dorther. Es mußte ein Tier sein, vielleicht ein Seestern oder eine Amöbe, ein Klumpen von einem Ding, das kein richtiges Gesicht hatte, nur ein paar Besonderheiten unter einer Oberfläche; die nun jammerten und weinten. Er versuchte es vom Glas zu lösen, doch es fühlte sich wie Gelee an, war kalt und unangenehm und widerstand seinen Händen. Als er sich umschaute, war sein Vater verschwunden.

Ich bin ein Geist, sagte das Ding bekümmert, *weißt du das?* Es hüpfte auf den Sitz hinab und ließ sich durch den Gang rollen; es war nicht aufzuhalten. Und plötzlich nahm es das Gesicht jeder lebenden Person an, die er je gekannt hatte. Er fand, das sei ausgesprochen schlechter Geschmack. Es hatte seinen Vater gegessen und machte sich nun über die Zeitung her. *Werde mit mir alt!* jammerte die Kreatur, *das Gute kommt erst!* Fiepend versuchte das Ding Jai zu erklettern, aber er hatte alle Geduld verloren, und so pflückte er es von sich ab und warf es zum Fenster hinaus. Glühende Gase flogen draußen vorüber. Jai schlenderte den Wagengang entlang und trat durch die Tür hinaus auf die Hügel über dem See, wo er zum erstenmal die Steinhütten gesehen hatte, die von Leuten gebaut worden waren, welche vorgaben, Wilde zu sein. Und doch hatten sie ihn nicht ausgelacht.

Evne war da, und sie trug ihre Federn. Er wußte, wo er sie vorher schon gesehen hatte. Aus einer Perle, einem Samenkorn, einem Bazillus wuchs Ivat heraus, und er kam aus der Vorhölle und wuchs, bis er vor ihnen zusammengerollt auf dem Boden lag. Ivat, das Stacheltier. Er war krank und würde sterben. Seine Seele war geschrumpft. Kein Lachen und kein Weinen; aber Evne legte mit ernstem Interesse die Hände auf den Jungen. Jai spürte den Strom aus ihrem Leib zum Rückenmark und in ihre Brustwarzen ziehen. Nichts aus ihren Händen ging in Ivat über wie bei einer Wunderheilung; sie fühlte den Jungen, weil sie ihn gern hatte. Sie wollte ihn für sich haben.

Ivat, der Neugeordnete, wimmerte wie ein Hündchen und wand sich ein wenig auf dem Boden, und er nieste im Schlaf. Evne küßte ihn auf den Nacken; dann rieb sie seine Seiten und küßte ihn durch die Kleider auf den Nabel. Ein Auge blinzelte, dann das andere. *Mama.* Er stöhnte laut. *Wieder einer aus der Vorhölle. Das ist unsere Arbeit.* Jai fühlte die Strahlung der Sternblume in ihrem Leib, und das ließ Ivat vergessen. Er sah ihr Traurigkeit, eine merkwürdige, unheilbare Traurigkeit, seltsam in einem so vom Glück gesegneten Menschen. Und er erinnerte sich der fünfzehn Körper in den Altai-Bergen. *Ich habe nicht sein göttliches Vertrauen.*

Du tust gut daran, sagte Evne.

Wer seid ihr? fragte Jai.

»Wir sind Menschen, liebe Seele«, sagte Evne leise. »Wir sind Erdenmenschen. Jemand nahm uns vor langer, sehr langer Zeit von eurem Planeten und lehrte uns die Anfänge dessen, wie man nach Innen geht, denn diese Dinge kommen nicht aus sich selbst. Diese Leute waren einmal eine organisierte Spezies, aber sie wollten ewig leben, glaube ich, und so sorgten sie dafür, daß sie sehr lange lebten und sehr langsam. Ihre Körperteile wurden auf einer Million verschiedener Planeten aus Metallen gemacht, und ihre Nervenimpulse waren Licht. So entstand ein riesiges Tier.

Denk doch einmal daran, wie es wäre, wenn dein Gehirn Tausende von Jahren von deinen Zehen entfernt wäre und dein Arm aus magnetischen Feldern bestünde! Und alles so langsam ... Wir glauben, sie haben uns als Trick oder als Witz gemacht, denn sie selbst konnten nicht nach Innen gehen. Man braucht für diese Dinge einen Körper, und ein Körper ist nicht so langlebig. Das mußt du verstehen, Jai Vedh, daß wir nicht viel länger leben als du. Es war ein großartiger Trick. Aber als wir sie fanden, entdeckten wir auch, daß wir nicht wußten, warum sie uns gemacht hatten, oder was sie mit uns vorhatten. Wir konnten sie nicht verstehen. Und das war kein Witz. Natürlich sind sie jetzt alle tot.«

»Warum?«, fragte Jai, obwohl er es natürlich wußte.

»*Wir haben sie getötet*«, sagte Evne. »*Was denn sonst?*«

Und sie beugte sich hinab und küßte Ivat. Er öffnete langsam die Augen und strahlte Landru an; wie ein Vogel im Nest, so lag er zwischen ihnen, so ruhig, so strahlend, so behaglich.

»Willst du uns denn nicht bekanntmachen?« fragte Ivat keck.

»*Idyllisch!*« ruft Jai Vedh an seiner Töpferscheibe und hat die Hände in geschmolzenem Glas; er ist auf der Sonnenseite der Welt und sitzt mitten in einer Lichtung.

»*Nicht ganz*«, sagt Joseph K — dem man nicht ganz vertrauen kann, weil ein nicht mehr reduzierbares Minimum bleibt —, aber liebevoll, amüsiert, behaglich; einen Moment wächst er in die Bäume hinein, den nächsten aus ihnen heraus, wispert im Gras und ist Teil eines Herbstnachmittags, der unvorstellbar heiß und ruhig zwischen den Hügeln liegt, aus denen vielleicht später einmal ein Junge mit zwei Stöcken kommt, ein kleines Mädchen, das Ivat verführt, eine Frau in einem Kleid aus Fell. Jai fühlt Olya irgendwo in der Nähe. Jemand badet im See, Kinder atmen den Duft des Wassers.

»*Das ist doch ein Leben*«, sagt Joseph K.

»*Leben, nichts als Leben*«, sagt Joseph K.

ENDE

Science Fiction — Visionen von heute, Welt von morgen

Als nächstes Taschenbuch der Science-Fiction-Reihe erscheint der Band 21 060:

DAS HÖLLENTOR

von Dean R. Koontz

Er kam aus nächtlicher Finsternis und trug den Namen eines anderen Mannes — eines Mannes, der später tot aufgefunden werden sollte. Er war ein Wesen ohne Vergangenheit, ohne Zukunft; er hatte nur eine blutige Mission zu erfüllen. Seine erste Tat war ein brutaler Mord!
Er war ein Mensch — aber war er das wirklich? Wer war eigentlich Viktor Salsbury? Und wenn er kein Mensch war — was war er dann? Und wer waren die unsichtbaren Lenker, die ihm seine Befehle gaben? Welche Pläne verfolgten sie mit der Welt — Pläne, die so grauenhaft waren, daß sie eine gefühllose, nicht menschliche Kreatur in einen angsterfüllten, schwachen Menschen verwandelten?

Sie erhalten diesen Band in vier Wochen bei Ihrem Zeitschriftenhändler sowie im Bahnhofsbuchhandel. Preis 2,80 DM.

BASTEI LÜBBE

SAN ANTONIO

Der Kommissar aus Paris – ein Krimi wie Champagner

Der sensationelle Krimi-Erfolg aus Frankreich.
Über 145 Millionen Leser in aller Welt kennen
und lieben San Antonio. Sie wissen warum.
Sie wollen Spannung mit Niveau. Sie schätzen
die pointierte, lebendige Sprache, in der
San Antonio seine prickelnden Fälle schildert.
Seinen Charme und Esprit. Das typisch französische Flair, das seinen Abenteuern die
Farbe gibt. Das gewisse Etwas.

San Antonio hat die Herzen seiner Leserinnen
und Leser mit seinen Romanen erobert.
Jetzt gibt es den französischen Bestseller,
der auch in den USA wie eine Bombe
einschlug, in deutscher Sprache.
**Als Bastei-Lübbe-Taschenbuch. Für 2,80 DM.
Alle vier Wochen neu! Jeder Band eine
deutsche Erstveröffentlichung. Im Buchhandel,
beim Zeitschriftenhändler. San Antonio, die
Kriminalreihe mit der besonderen Note!
Lesen Sie mit!**

Der Kommissar aus Paris – ein Krimi wie Champagner